HARLEQUIN®
Deseo®

TORMENTA EN LA NOCHE
Shawna Delacorte

D0596046

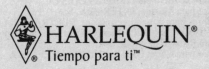

HARLEQUIN®
Tiempo para ti™

NOVELAS CON CORAZÓN

Editado por HARLEQUIN IBÉRICA, S.A.
Hermosilla, 21
28001 Madrid

I.S.B.N.: 84-396-8988-8
Depósito legal: B-24937-2001
Editor responsable: M. T. Villar
Diseño cubierta: María J. Velasco Juez
Composición: M.T., S.L.
Avda. Filipinas, 48. 28003 Madrid
Fotomecánica: PREIMPRESIÓN 2000
c/. Matilde Hernández, 34. 28019 Madrid
Impresión y encuadernación: LITOGRAFÍA ROSÉS, S.A.
c/. Energía, 11. 08850 Gavá (Barcelona)
Fecha impresion para Argentina:7.11.01
Distribuidor exclusivo para España: LOGISTA
Distribuidor para México: INTERMEX, S.A.
Distribuidores para Argentina: interior, BERTRAN, S.A.C. Vélez
Sársfield, 1950. Cap. Fed./ Buenos Aires y Gran Buenos Aires,
VACCARO SÁNCHEZ y Cía, S.A.
Distribuidor para Chile: DISTRIBUIDORA ALFA, S.A.

Capítulo Uno

Jessica McGuire no sabía cuánto tiempo llevaba durmiendo cuando algo la despertó. Al abrir los ojos, vio la luz de un amanecer tormentoso y comprendió que seguía lloviendo. Luego se dio cuenta de que un fuerte brazo la tenía sujeta por la cintura. Tumbado junto a ella había un hombre desnudo.

Asustada, saltó de la cama y, poniéndose a toda prisa una camiseta, se detuvo junto a la puerta del dormitorio y miró hacia atrás con alivio. Aunque casi no podía verle cara, era evidente que el desconocido estaba profundamente dormido.

Jessica se acercó sigilosamente a la cama y lo observó, intentando ver su cara con claridad. Algo en él le resultaba familiar. Tenía la vaga sensación de conocerlo. Pulsó el interruptor de la luz, pero seguía sin haber corriente. Aquella noche había habido un apagón y la luz aún no había vuelto. En esa parte de la Península de Olympic las tormentas del Océano Pacífico causaban con frecuencia cortes de luz. Pero Jessica estaba acostumbrada. Además, cuando llegó a la cabaña la noche anterior, estaba tan cansada que no le importó que no hubiera electricidad.

3

Había atravesado a oscuras el salón y subido a ciegas las escaleras hasta el dormitorio. Se había desvestido, tirando la ropa al suelo, y se había quedado dormida en cuanto apoyó la cabeza en la almohada.

Sin perder de vista al desconocido, recogió del suelo el resto de su ropa. Despertaría a aquel tipo y lo echaría de la cabaña en cuanto estuviera vestida. Pero, al volverse hacia la puerta, se dio cuenta de que ya estaba despierto y la miraba. Se quedó boquiabierta al ver a aquel hombre guapo cuyo cuerpo desnudo había tenido a su lado toda la noche.

Él se había desarropado parcialmente, dejando al descubierto un torso fuerte y atlético. Tenía el pelo negro revuelto del lado sobre el que había estado apoyado en la almohada, y había una mirada maliciosa en sus ojos verdes, que la miraban de arriba abajo con descaro.

Algo le había despertado en medio de un sueño delicioso. Estaba soñando que acariciaba el cuerpo maravillosamente suave de una mujer. Era un sueño muy real, y lo molestó despertar. Pero, al abrir despacio los ojos, contempló una imagen que se ajustaba exactamente a la de su sueño. Primero, vio unas largas piernas que se prolongaban hasta el borde de una camiseta. Luego, se recreó la vista observando cómo la tela de la camiseta se ajustaba a las caderas y pechos de aquella visión. Se incorporó un poco para ver a la mujer de cuerpo entero. Medía alrededor de un metro setenta, era rubia y tenía el pelo corto y despeinado, lo que le daba un aspecto desenfadado. Su aire de familia lo convenció enseguida de que se trataba de Jessica McGuire, la hermana de su mejor amigo. Había cambiado mucho desde la última vez que la había visto, hacía muchos años. Ya no era la desmañada adolescente que él recordaba.

–Bueno, bueno, bueno.... Si es la pequeña Jessica McGuire... –dijo con la voz todavía ronca por el sueño–. Has crecido mucho desde la última vez que te vi.

–¿Dylan? –se quedó pasmada al reconocerlo–. ¿Dylan Russell? ¿Eres tú?

–Sí –levantó un poco las mantas para echar un vistazo a la parte inferior de su cuerpo; luego, le dirigió una mirada traviesa–. En carne y hueso.

Jessica se sonrojó, avergonzada. Ella se preciaba de llevar una vida responsable y ordenada, y despertarse y descubrir un hombre desnudo en su cama no encajaba en ese esquema. Intentó cubrirse un poco con la ropa que llevaba en las manos. Le pareció que él se reía y sintió una punzada de irritación y disgusto. A él no parecía importarle estar desnudo, ni haberse despertado con una mujer en la cama. Más bien parecía que la situación lo divertía.

–¿Te diviertes? –dijo, intentando mantener la compostura.

Él se echó a reír.

–¿Tú no?

–No, yo no. ¿Cómo has llegado hasta aquí? Anoche, cuando llegué, no vi ningún coche fuera. ¿Cómo has entrado? La puerta estaba cerrada.

–Todo tiene su explicación –se sentó y se pasó los dedos por el pelo–. No intentaste meter tu coche en el garaje, ¿verdad? Si no, habrías visto que el mío estaba dentro.

–No, aparqué frente a la casa porque estaba lloviendo y no quería mojarme. Pero eso no explica cómo has entrado.

–Tengo una llave.

–¿Una llave? –no pudo ocultar su sorpresa–. ¿Cómo la has conseguido?

–Justin me la dio cuando le pedí que me dejara la cabaña un par de semanas.

–¿Justin te dejó la cabaña? No me dijo nada –sintió un incómodo escalofrío. Dylan parecía estar observándola detenidamente.

–Tal vez porque se suponía que ibas a estar en Nueva York tres semanas.

–Oh... Es verdad –su voz se redujo a un susurro–. Nueva York...

Tenía razón. Se suponía que debía estar allí, no en una cabaña en las montañas al otro lado del país. En realidad, había estado en Nueva York hasta la mañana del día anterior, cuando tomó un vuelo a Seattle después de que el proyecto en el que trabajaba fuera pospuesto.

–Sugiero que dejemos esta conversación para más tarde –dijo–. Tengo que vestirme y tú debes salir de mi habitación... porque está claro que no puedes quedarte aquí.

Él siguió mirándola con curiosidad, pero no hizo ningún esfuerzo por levantarse. Por el contrario, se acomodó mejor en la cama y volvió a arroparse.

–¿Por qué no?

–¿Por qué no? –¿lo había oído bien? ¿Estaba cuestionando su decisión?–. Me parece obvio. Porque yo no estoy en Nueva York y tú estás en mi cama. Por eso.

–Me acosté en la primera habitación que encontré.

–Pues esta es la mía. La otra es la de Justin.

Él adoptó una actitud formal.

–Tienes razón. Es mejor que dejemos esta conversación para después –le lanzó una mirada burlona–. Al menos, hasta que me haya tomado un café –se estiró para recoger sus pantalones del respaldo de una silla, pero se detuvo y la miró–. ¿Te importa darte la vuelta para que me ponga los pantalones, o vas a quedarte ahí, tapándote con la ropa?

–Este es mi cuarto. Deberías ser tú quien...

Él la miró, divertido, e hizo amago de retirar las mantas para salir de la cama. Avergonzada, Jessica se dio la vuelta y salió de la habitación. Bajó corriendo las escaleras, se metió en el cuarto de baño y cerró la puerta. Se sentó en el borde de la bañera. No sabía si enfadarse o echarse a reír. Estaba perpleja. Dylan había querido burlarse de ella. Y no era la primera vez. Sus pensamientos retrocedieron a cuando tenía dieciséis años.

Un día, Justin llevó a Dylan a casa. El año anterior, una desgarbada Jessica de quince años había intentado sin éxito atraer su atención. Pero, aquel día, cuando Jessica ya había cumplido los dieciséis, Dylan estuvo muy amable con ella e incluso le regaló un osito de peluche. Jugaron a las cartas, hablaron, y, al final, él le preguntó si quería que quedaran para comer.

Ella se puso su mejor vestido, se maquilló y se recogió el pelo, todo para demostrarle que era lo bastante mayor como para salir con un universitario de veinte años. Pero, cuando llegó la hora, se quedó atónita al comprobar que aquella no era la clase de cita que se había imaginado: era una comida en grupo con casi una docena de personas, y ella era la única que se había arreglado para la ocasión. Y, lo que era peor, Dylan iba acompañado de otra chica.

Se había sentido humillada y nunca había podido olvidar aquel incidente, aunque, al recordarlo, se daba cuenta de que él solo había querido ser amable e integrarla en el grupo. Pero, de todas formas, aquello había sido un trauma para ella.

Sin embargo, eso era agua pasada. Jessica tenía ya treinta y un años y se había convertido en una mujer madura e inteligente que no se dejaba impresionar por un hombre atractivo de pelo negro, ojos verdes y sonrisa deslumbrante.

Frunció el ceño. Por lo que su hermano le había contado, para Dylan Russell no era nada extraordinario despertarse con una mujer en la cama. Pero ¿qué hacía allí Dylan Russell? No era el tipo de hombre que se refugiaba en una cabaña en las montañas o, al menos, no sin asegurarse previamente compañía femenina. Tenía fama de ser un granuja encantador, un vividor que saltaba de cama en cama y huía de compromisos y responsabilidades. Así es que ¿qué estaba haciendo en la cabaña? ¿Estaría esperando a alguien? ¿A una mujer? La idea la puso furiosa, pero, inmediatamente, se avergonzó. La vida privada de Dylan Russell no era asunto suyo.

Siempre le habían fascinado las historias que su hermano le contaba sobre él, pero sabía que los hombres como Dylan nunca traían nada bueno, por muy excitantes y atractivos que fueran. Y Dylan Russell, ciertamente, era ambas cosas. Jessica sabía por experiencia que esa clase de hombres eran pura apariencia sin nada de sustancia debajo. Ella se había casado con un hombre muy guapo, al que le daba lo mismo en qué cama se despertaba, y había quedado escarmentada.

Pero Jessica no era la única que reflexionaba sobre lo que acababa de ocurrir. Tumbado en la cama, Dylan miraba hacia la puerta que daba a la escalera. Jessica era mucho más interesante de lo que había imaginado. Justin decía de ella que era ordenada y seria, que sabía lo que quería y tenía firmemente plantados los pies en la tierra. Pero nunca había mencionado que tenía un cuerpo magnífico. Dylan meneó la cabeza y se dijo que era la hermana de su mejor amigo. No podía pensar en ella como una potencial compañera de cama.

Respiró hondo, pero no pudo apartar el recuerdo del cuerpo de Jessica pegado al suyo, ni su imagen de pie junto a la cama, despeinada y medio desnuda. Volvió a respirar hondo y apartó las mantas; saltó de la cama, se vistió y bajó las escaleras. Se detuvo en el último escalón. Desde allí, podía ver a Jessica a través de la ventana de la cocina. Ceñuda, parecía observar algo. Dylan entró en la cocina, se acercó a ella por la espalda y miró por encima de su hombro.

–¿Algo va mal?

Jessica se sobresaltó. Al darse la vuelta, se encontró a Dylan frente a ella, muy cerca. Durante un instante, miró sus profundos ojos verdes.

–¿Mal? –retrocedió un poco para apartarse de él.

–Estabas mirando fijamente la cocina. ¿Pasa algo raro?

Ella dio otro paso atrás.

–¿Raro? –sabía que parecía idiota, repitiendo una y otra vez las palabras de Dylan; intentó recobrar la compostura, pero sentía un nudo en el estómago–. No hay gas... No puedo encender la cocina. Tampoco hay agua caliente y el radiador del cuarto de estar no funciona. Debe de pasarle algo al depósito de propano.

–Yo no usé el agua caliente, ni el radiador, ni la cocina anoche cuando llegué. Me fui directamente a la cama. Pensaba leer un poco, pero se fue la luz.

–El depósito debe de estar apagado. Lo llenaron la semana pasada, así que se supone que hay gas –miró primero por la ventana y, luego, al techo. La lluvia seguía cayendo sobre el tejado–. Maldita sea –dijo, dando un suspiro–. Voy a tener que salir con esta lluvia para ver qué ocurre.

–¿Dónde está el depósito de propano?

–Detrás del garaje.

Dylan miró por la ventana.

–Llueve mucho. Saldré yo. Tú quédate aquí.

–No –dijo ella–. Yo sé cuidar de mí misma.

–Guau... –un leve tono de irritación resonó en su voz–. Yo no he dicho que no sepas. Solo te he ofrecido ayuda.

Jessica alcanzó una chaqueta del perchero de la entrada.

–No me has ofrecido ayuda: me has dicho lo que tenía que hacer –metió los brazos en las mangas de la chaqueta y abrió la puerta; antes de salir, le lanzó a Dylan una mirada desdeñosa–. No necesito tu ayuda –salió al porche.

Allí se quedó parada un momento, pensando. Tal vez había sido un poco dura con él. Realmente, Dylan no había dicho nada malo. Pero le había puesto muy nerviosa, y eso no le gustaba. Cruzó los brazos para protegerse del aire helado y corrió hacia el depósito.

Dylan la miraba, asombrado. Jessica lo había despreciado como si hubiera hecho algún comentario execrable, en lugar de un ofrecimiento sincero de ayuda. No estaba acostumbrado a que lo trataran así, y menos una mujer. Pero, por supuesto, no estaba acostumbrado a tratar con mujeres autosuficientes que supieran lo que era un depósito de propano y cómo funcionaba.

Salió tras ella justo cuando Jessica doblaba la esquina del garaje. Se quedó de pie, mientras ella se agachaba para mirar el indicador del depósito y comprobaba la conexión. Luego, Jessica se volvió hacia él, haciéndose pantalla con la mano para protegerse de la lluvia.

–La válvula está cerrada.

La abrió, se irguió y dio unos pasos hacia adelante, pero Dylan le cortó el paso, tenso al sentir la mirada de Jessica. Esta tenía el pelo y la cara empapados por la lluvia. Dylan extendió una mano para tocarla, pero se detuvo. Deseaba enjugar sus mejillas y sus labios tentadores, pero reprimió sus deseos y se apartó de mala gana.

Ella se quedó clavada en el sitio. Cada fibra de su cuerpo deseaba que Dylan la tocara. Tragó saliva e intentó calmarse. Por fin consiguió soltarse del lazo invisible que la arrastraba hacia él y echó a correr hacia la casa.

Dylan la siguió. Cuando llegaron al porche, Jessica se quitó la chaqueta empapada y la sacudió; luego se sacó las botas llenas de barro y las dejó junto a la puerta antes de entrar. Él también se quitó los zapatos. Ya dentro de la cabaña, Jessica colgó la chaqueta en el perchero para que se secara, y Dylan se quitó el jersey. La camiseta que llevaba debajo también estaba empapada. Jessica intentó no mirar cómo se le ajustaba al torso, pero no lo consiguió. Se le aceleró el corazón. De alguna forma debía sustraerse a la turbación que Dylan le provocaba.

Él colgó el jersey del pomo de la puerta y se pasó los dedos por el pelo mojado.

–¿Dónde están las cerillas? –miró a su alrededor–. ¿En la cocina?

Ella intentó aparentar indiferencia.

–Los de la compañía de gas debieron de cerrar el depósito cuando lo llenaron, y luego se olvidaron de volver a abrirlo –agarró las cerillas de la repisa de la chimenea–. Has tenido suerte de que yo esté aquí –dijo, si querer.

Él dio un respingo.

–Creo que yo solo podría haber encendido el depósito y encontrado las cerillas.

Ella se sonrojó, avergonzada. ¿Qué le pasaba? No podía apartar los ojos de él.

–No pretendía decir que...

–Como parece que lo tienes todo bajo control –dijo él con sarcasmo–, te dejaré que acabes el trabajo. Voy a quitarme esta ropa. Si me disculpas... –se dio la vuelta y se alejó.

Jessica lo miró mientras subía las escaleras. El hombre al que ella recordaba como un gigante había quedado reducido a la estatura de un tipo corriente que llevaba la ropa empapada y dejaba charquitos en el suelo. Bueno, tal vez «corriente» no fuera la palabra adecuada. No había nada corriente en Dylan Russell, como demostraba el efecto perturbador que ejercía sobre ella.

Dylan se quitó la ropa mojada. No sabía qué pensar del giro inesperado que habían tomado los acontecimientos. No tenía experiencia con mujeres que no fueran bonitas piezas decorativas colgadas de su brazo o entusiastas compañeras de cama.

Pero todo eso se había terminado. Hacía ya algún tiempo que no se relacionaba con mujeres. Y, ciertamente, no por falta de oportunidades. Pero la emoción de la caza ya no lo excitaba

13

como antes, sobre todo teniendo en cuenta que las presas no ofrecían ningún desafío. Jessica, sin embargo, no encajaba en ese molde. Dylan no sabía en qué molde encajaba, pero sospechaba que en ninguno de los que él conocía.

Sacó del armario un par de calcetines limpios, un jersey y unos tejanos. Mientras se vestía, siguió pensando en Jessica. La encontraba guapa, inteligente, misteriosa... y muy desconcertante.

Recordó su comentario acerca de que había tenido suerte de que estuviera allí. Sus palabras implicaban tácitamente que él era incapaz de ocuparse de las tareas más sencillas, y eso no le gustaba. ¿Era esa la imagen que proyectaba, la de un tipo que simplemente se dejaba llevar, sin ningún propósito ni ningún fin, alguien que no era capaz de hacer las labores más simples de la vida cotidiana? Frunció el ceño. No le hacía gracia, pero sabía que eso era lo que la gente pensaba de él.

Se había dado cuenta tres meses antes, cuando le salió mal un asunto de negocios y se sumió en una espiral de depresión. Pero no había sido el negocio en sí mismo, ni la pérdida de beneficios lo que lo había afectado tanto, sino algo mucho más grave. Por eso le había pedido la cabaña a Justin. Debía reflexionar y tomar decisiones. Debía hacer algo para enderezar su vida. Pero ¿cómo iba a conseguirlo con la inesperada aparición de la muy deseable Jessica McGuire?

Café. Necesitaba un café caliente para aclarar

sus ideas. Fue hacia la escalera, pero se detuvo. De repente, pensó que no podía seguir usando la habitación de Jessica. No ganaría nada molestándola a propósito. Rápidamente, se llevó sus cosas al otro dormitorio.

En cuanto acabó, bajó al piso inferior. Había llevado consigo algunas provisiones, pero solo durarían un par de días. Cuando dejara de llover, uno de ellos tendría que ir a la tienda de la carretera. De pronto, se percató de que estaba dando por sentado que iban a compartir la cabaña o, al menos, que él no tenía intención de marcharse.

Pero ¿qué pensaría Jessica? En cuanto entró en el cuarto, observó que ella parecía molesta.

—Si has acabado, me gustaría cambiarme de ropa.

—Desde luego —Dylan se apartó, sin entender por qué se mostraba tan arisca. Dejaría que ella misma descubriera que ya había cambiado sus cosas de habitación.

Jessica se detuvo al pie de la escalera y se volvió para mirarlo, como si quisiera decir algo. Pero luego cambió de idea y siguió subiendo.

Dylan se sentía incómodo. Era evidente que a Jessica le molestaba su presencia. Pero había algo más en su mirada que no conseguía definir. Se habían visto un par de veces hacía muchos años, pero eso no cambiaba el hecho de que eran dos extraños. Él comprendía que la situación era incómoda, pero no sabía cómo resolverla de modo que los dos consiguieran lo que querían, o, en su caso, lo que necesitaban.

Y lo que él necesitaba era estar solo. No deseaba ir a un balneario, ni a un hotel, ni quería tener la agobiante sensación de estar confinado en una habitación como único medio para evitar a la gente. La cabaña de Justin era lo que necesitaba: aislamiento, pero no encierro.

La cabaña tenía una espaciosa habitación que hacía las veces de cuarto de estar y comedor. En el piso bajo había también una cocina y un cuarto de baño; en el de arriba, había un altillo que daba sobre el cuarto de estar, dos dormitorios y una terraza que recorría toda la fachada frontal, sobre el porche. Era lo bastante grande como para no sentir claustrofobia y estaba rodeada por un inmenso bosque.

La vida de Dylan se hacía pedazos y él no sabía qué hacer al respecto. Necesitaba pensar, tomar decisiones... y debía hacerlo rápido, antes de que las cosas empeoraran. Volvió a pensar en Stanley y Rose Clarkson, y trató de espantar el terrible sentimiento de culpa que lo acometía cada vez que los recordaba.

Café. Necesitaba un café. Entró en la cocina. La cafetera eléctrica que había sobre la encimera no servía de nada sin electricidad. Abrió los armarios superiores, en busca de una cafetera tradicional. Luego, se agachó para mirar en los armarios de abajo.

Tras cambiarse de ropa, Jessica bajó y se detuvo en la puerta de la cocina. Dylan estaba agachado, buscando algo. Los vaqueros se le ajustaban a las piernas y al trasero como una segunda piel. Aunque llevaba un jersey holgado, se le notaban los músculos de la espalda y los anchos hombros. Jessica cerró los ojos, pero no le sirvió de nada. No lograba quitarse de la cabeza la imagen de aquella mañana: Dylan recostado en la cama, con el torso desnudo y una sonrisa maliciosa en la cara. Intentó olvidarlo y forzó un tono tranquilo de voz.

–¿Qué buscas?

Al levantar la cabeza, Dylan se golpeó contra el borde de la encimera. Hizo una mueca de dolor y se pasó la mano por la coronilla. Jessica tuvo que reprimir una carcajada, pero no le resultó fácil. Un instante después, Dylan sacó de un armario una vieja cafetera y se la mostró como si fuera un trofeo.

–Buscaba esto.

–Bueno, me alegro de que la hayas encontrado. No dejaba de pensar en tomarme un café –como tampoco dejaba de pensar en la imagen de Dylan Russell tendido en la cama.

Capítulo Dos

Dylan se levantó y puso su sonrisa más deslumbrante.

–Me alegro de que haya algo en lo que estemos de acuerdo. ¿Dónde está el café?

–Déjame a mí. Yo sé dónde está todo –Jessica abrió la puerta de un armario y sacó un frasco.

Él lo agarró con cierta irritación.

–Sé hacer café –puso agua en la cafetera, midió el café y encendió el fuego de la cocina. Luego sacó dos tazas y esperó a que el café subiera.

Ella se fue hacia el cuarto de baño.

–Ya debe de haber agua caliente. Voy a darme un ducha.

–De acuerdo –él la miró–. Yo también me daré una en cuanto acabes –se pasó la mano por la cara–. También necesito afeitarme –distinguió en la mirada de Jessica la misma expresión que había visto antes: como si quisiera decir algo, pero se arrepintiera en el último momento. Dylan volvió a mirar la cafetera y, unos minutos después, oyó el agua de la ducha.

Se apoyó en la encimera y suspiró, aliviado porque ella se hubiera ido. Toda la mañana había sido incómoda y desagradable. Se había esforzado por ser amable, pero ella no había sucumbido a sus encantos.

Jessica McGuire era, evidentemente, una mujer muy capaz. Él no tenía experiencia con mujeres como ella: inteligentes, resueltas y con los pies en la tierra. No se imaginaba a ninguna de las mujeres con las que había salido corriendo bajo la lluvia para revisar un depósito de propano, y, mucho menos, poniéndolo en marcha. Había pasado días fantásticos y noches inolvidables, pero, en los últimos tres meses, se había visto forzado a admitir, aunque solo para sí, que, a pesar de todo, había llevado una existencia solitaria. Había sido un descubrimiento difícil de asimilar, pero sabía que era la verdad.

Sintió una punzada de desesperación al recordar a Stanley y Rose Clarkson. A los treinta y cinco años había descubierto, de pronto, que no tenía nada de qué enorgullecerse. Había tenido montones de aventuras memorables, había hecho miles de conquistas en todo el mundo, pero no tenía un verdadero hogar, ni una familia, ni amigos íntimos, salvo Justin McGuire. Carecía de las cosas que realmente importaban.

Jessica era muy distinta de las mujeres que conocía. No se quedaba pasmada cada vez que él abría la boca, ni le reía las bromas aunque no tuvieran gracia, ni se precipitaba a satisfacer sus deseos. En realidad, no hacía ningún esfuerzo por impresionarlo, ni por halagar su ego. Dylan no sabía cómo comportarse con ella. En otro tiempo, aquello no le habría preocupado. Sencillamente, se habría marchado en busca de una mujer más complaciente. Pero Jessica lo había dejado confuso. Sin embargo, estaba seguro de una cosa: debía hacer algo para cambiar la opinión negativa que tenía de él.

En cuanto el café estuvo hecho, Dylan se sirvió una taza y se fue al cuarto de estar. Abrió la puerta de la cabaña y miró afuera. Seguía lloviendo y soplaba un viento helado. Pensó que debía encontrar alguna forma de demostrarle a Jessica que no era tan inepto como ella creía. Entonces reparó en la leña apilada en el porche. Miró dentro de la cabaña y vio la chimenea. Ya lo tenía. No había nada como un buen fuego para romper el hielo. Dejó la taza de café en la cocina, acarreó madera y comenzó a preparar una hoguera.

Se le dibujó una sonrisa en la comisura de los labios. Acercarían los sillones a la chimenea y se tomarían el café charlando. Así tendría oportunidad de cambiar la opinión que Jessica tenía de él. Sí, así sería. Se sentía muy satisfecho de su idea.

Cuando acabó de preparar el fuego, fue a la cocina y se sirvió más café. Jessica salió del cuarto de baño.

—El café está listo. ¿Lo quieres solo o con leche? —estaba de pie, con la cafetera en la mano.

—¡Dios mío! ¿Qué has hecho? —gritó Jessica.

Un fuerte olor a quemado comenzaba a sustituir al aroma del café recién hecho. El cuarto de estar estaba lleno de humo. Lo primero que pensó Jessica fue que la cabaña estaba en llamas, pero enseguida se dio cuenta de que no se trataba de eso.

Dylan corrió a la chimenea mientras le daba instrucciones.

–Abre la puerta y las ventanas para que se vaya el humo –apartó los troncos más gruesos que todavía no habían ardido y retiró con el atizador las astillas encendidas. Luego agarró un cajón de arena que había visto en el porche y derramó su contenido sobre las ascuas.

Jessica salió a respirar al porche. No sabía qué pensar. Estaba claro que Dylan había olvidado abrir el tiro de la chimenea. Pero también se había hecho cargo inmediatamente de la situación y la había resuelto con eficacia. Meneó la cabeza. No quería disculparlo. Después de todo, tenía derecho a estar enfadada con él por llenar la cabaña de humo y haber estado a punto de provocar un incendio.

Volvió a entrar en la cabaña y, tras quedarse parada un momento, se acercó a Dylan, que estaba recogiendo los restos de la hoguera. No sabía qué pensar ni qué sentir respecto a lo que había pasado aquella mañana. Sabía que había sido un poco dura, e incluso injusta, pero no había podido evitarlo. Parecía como si algún mecanismo de autodefensa se hubiera activado automáticamente para protegerla de los encantos de aquel granuja.

Intentó que en su voz no se notara el más leve atisbo de irritación.

–Parece que has olvidado abrir el tiro antes de encender el fuego.

Él se puso de pie y la miró fijamente. ¿Lo estaba acusando? No sabía qué pensar de su actitud.

–He encendido muchos fuegos. Te aseguro que el tiro estaba abierto –diciendo esto, se fue a la cocina.

Se giró y sorprendió a Jessica agachada, accionando la palanca que movía el cierre del tiro. Sintió una punzada de satisfacción cuando ella alzó la vista y puso una expresión avergonzada al ver que él la estaba observando. Jessica se limpió las manos en los vaqueros y caminó lentamente hacia la cocina.

Dylan alzó una ceja.

–¿Y bien? –vio que las mejillas de Jessica empezaban a colorearse. Ella miró primero al suelo y luego lo miró a él.

–Tenías razón: el tiro está abierto. Yo... Al parecer, debe de estar bloqueado.

–Claro –dijo él sarcástico.

Continuó mirándola, a la espera de que ella hiciera el siguiente movimiento. Lo había acusado de no saber cómo funcionaba el tiro y había dudado de su palabra cuando le había dicho que estaba abierto, hasta el punto de comprobarlo por ella misma. Jessica debía admitir que él no había causado aquel desaguisado.

Dylan llevaba toda la mañana aguantando sus gestos de desaprobación y escepticismo. Y no iba a dejar que ella escapara tan fácilmente cuando por fin la había puesto en evidencia. Reprimió una sonrisa irónica. La situación era interesante. Pero ¿por qué seguía sintiéndose inquieto e inseguro?

Intentaba mantener una expresión severa, pero no le resultaba fácil. Sus sentimientos hacia Jessica eran confusos, pero no hostiles. Mentalmente, hizo inventario de los atributos físicos de aquella mujer. Dentro de él se encendió el deseo. Sus sentimientos no eran hostiles; más bien todo lo contrario.

Ella hizo un visible esfuerzo por mantener la calma. Se puso muy recta y le lanzó una mirada impávida.

–No me lo vas a poner fácil, ¿verdad?

Él abrió mucho los ojos, fingiendo no entender.

–¿Ponerte fácil qué?

Justin le había dicho que su hermana odiaba reconocer sus errores. Por razones que no entendía claramente, Dylan estaba disfrutando al verla en aquella incómoda situación. Le gustaba burlarse un poco de la deliciosa Jessica McGuire.

Ella dejó escapar un hondo suspiro. Había cierta irritación en sus palabras.

–¡De acuerdo! Tenías razón y yo estaba equivocada. El tiro estaba abierto –lo miró con desafío–. ¿Satisfecho?

Él le dirigió una sonrisa deslumbrante y dijo:

–No era tan difícil, ¿no?

–¡Sí, sí lo era! –irritada, Jessica se acarició la nuca y miró al suelo–. Solo pensaba que...

–¿Qué pensabas? Que soy un auténtico inútil incapaz de hacer las cosas más sencillas, ¿no? –vio que ella se sonrojaba e, inmediatamente, se arrepintió de sus palabras.

Jessica trató de recuperar el control de la situación.

–Debes admitir que tu estilo de vida no es precisamente...

–Tal vez mi «estilo de vida» no es el que tú crees –apretó los dientes para reprimir su enfado–. Es verdad que me he pasado los últimos años vagando de aquí para allá... –se detuvo, anegado súbitamente por la tristeza.

Aquella expresión resonó en su cabeza: «estilo de vida». Su vida no tenía sentido. Cada día había alguna fiesta a la que ir, pero no tenía a nadie especial con quien compartir sus penas y alegrías. Eso no era un estilo de vida: era pura soledad.

Siempre había envidiado a Justin, que parecía tener todo lo que a él le faltaba. Aunque estaba divorciado, Justin tenía una familia y estaba muy unido a su hermana. Tenía una carrera que le gustaba, un hogar y buenos amigos. Tenía raíces. Y Jessica también. Ambos poseían lo que de verdad importaba, lo que él tanto anhelaba.

La única familia que Dylan había conocido se había deshecho hacía mucho tiempo, cuando solo era un niño. Su padre los había abandonado cuando él tenía diez años. Luego, se había enterado de que había muerto cinco años después. Su madre había muerto dos semanas después de que Dylan fuera abandonado literalmente ante el altar el día de su boda. Todas las personas a las que había querido lo habían abandonado. Había aprendido duramente la lección: si dejaba que alguien tocara su lado vulnerable, siempre salía herido. Los vínculos emocionales no eran para él. Sin embargo, envidiaba a Justin y Jessica.

Se recuperó de aquel momentáneo acceso de

melancolía antes de que Jessica pudiera notarlo. No quería mostrarse vulnerable ante aquella mujer que parecía tener un idea preconcebida de él. Tomó una taza limpia, la llenó de café y se la tendió a Jessica. Se esforzaba por ser amable.

–No me has dicho si quieres leche y azúcar.

–No. Café solo –ella extendió la mano para tomar la taza que le ofrecía. Sus dedos se tocaron un instante. Jessica encontró los ojos de Dylan y se quedó mirándolos, como atrapada por una fuerza que no podía controlar. Su respiración se detuvo. Finalmente, consiguió apartar la mirada, pero no pudo detener el golpeteo de su corazón.

Dylan se fue al cuarto de estar con una taza de café en la mano. Deseaba desesperadamente que se disipara la tensión que condensaba el aire. Entonces le vino a la memoria un incidente de su niñez y se echó a reír.

Ella lo miró entre curiosa e irritada.

–La mañana ha sido un desastre. ¿Qué encuentras tan divertido?

Él dio un sorbo al café y se sentó en un confortable sillón.

–Todo este asunto de la chimenea me ha recordado algo que pasó hace mucho tiempo, cuando tenía unos quince años –se le escapó otra suave risa–. Mi madre y yo vivíamos en una vieja casa que tenía una chimenea muy antigua. Ella había salido a jugar a las cartas con unos vecinos y a mí se me ocurrió que era una buena ocasión para invitar a mi novia con la excusa de que podíamos estudiar juntos. Pensé en encen-

der un fuego, para crear un ambiente romántico. Tenía madera, periódicos y cerillas, todo lo
que pensaba que se necesitaba para encender
una hoguera. Coloqué debajo el papel de perió-
dico, sobre él unas pocas astillas y, encima, unos
leños. Encendí una cerilla y prendí el papel,
que enseguida ardió y prendió las astillas.
Cuando me aseguré de que el fuego tiraba, salí
al porche para esperar a mi novia. Pero, antes
de que me diera cuenta de lo que pasaba, empezó a salir humo por la puerta. Un vecino lo
vio y llamó a los bomberos –se giró para mirarla–. Y así fue como aprendí que hay que abrir
el tiro de las chimeneas antes de hacer fuego
–se rio suavemente, un poco avergonzado–. ¿Y
qué hay de ti? ¿No tienes ninguna experiencia
embarazosa que quieras compartir?

A Jessica solo se le ocurrieron dos momentos
realmente embarazosos. Uno de ellos era la cita
frustrada con Dylan, cuando tenía dieciséis
años; el otro, cuando sorprendió a su marido en
la cama con otra. No tenía intención de mencionar ninguno de los dos.

–Yo… Bueno, no me acuerdo de ninguno
ahora mismo.

–Ah, ya veo. Yo me expongo y te cuento aquella
tontería y tú te guardas tu secreto –su sonrisa le indicó a Jessica que no estaba enfadado, ni molesto.

Dylan había compartido con ella una experiencia personal. Habían sido unos minutos
agradables en los que se había sentido envuelta
en una atmósfera de intimidad para la que no
estaba preparada. Le parecía estar viendo a un

Dylan Russell totalmente diferente del que creía conocer.

Él se levantó del sillón.

–Supongo que ahora habrá que ver por qué está atascada la chimenea –se agachó junto al hogar e intentó mirar en la oscuridad; luego, se volvió hacia Jessica–. ¿Tienes una linterna?

–Sí. Te la traeré –se fue corriendo a la cocina. Necesitaba sustraerse a la presencia acariciadora de Dylan. Sentía una inseguridad que le encogía el estómago y que no se debía únicamente a que Justin le hubiera dejado la cabaña a Dylan, ni a haber dormido en la misma cama que él sin darse cuenta. Se debía a algo más.

Cada vez que trataba de encajar a Dylan en un molde predeterminado, él se escapaba. Cuanto más presionaba ella, más se resistía él a dejarse encasillar. Para Jessica, aquello era muy frustrante. Normalmente, tenía la habilidad de clasificar a la gente en cuanto la veía, pero Dylan se le resistía.

Pensó que tal vez quería hacerle encajar en un molde porque se sentía amenazada por alguien como él: alguien que hacía siempre lo que le apetecía. La ponía furiosa que, incluso sin quererlo, Dylan hubiera conseguido burlarse de ella. Pero eso no era lo peor.

Su cuerpo se estremecía con ligeros temblores de excitación cada vez que sentía la cercanía de Dylan. Temblores sobre los que Jessica no tenía control.

No pensaba en él como en una amenaza física, sino como en una amenaza emocional.

Tuvo que recordarse a sí misma que ya no era la impresionable niña de quince años que se había encaprichado del amigo de su hermano mayor, ni la jovencita de dieciséis a la que Dylan había roto el corazón.

Intentando quitarse esas ideas de la cabeza, buscó la linterna y las pilas.

Dylan miró en un par de armarios y encontró un cepillo viejo al que le quitó el palo.

–¿Qué es eso? –preguntó Jessica cuando le tendió la linterna.

Él apoyó el palo contra la pared y tomó la linterna.

–Ese palo es lo bastante largo como para meterlo por el tiro e intentar desatascarlo sin tener que subir al tejado.

–¿Subir al tejado? –no podía hablar en serio–. Está lloviendo. El tejado tiene mucha pendiente. Es demasiado peligroso.

–Lo sé –se puso una mano en la mejilla y pronunció las palabras muy despacio, como si le hablara a un niño–. Por eso no quiero subir si no es absolutamente necesario –vio que Jessica volvía a enrojecer y sonrió para que ella viera que estaba bromeando.

Sus ojos se encontraron y Dylan extendió la mano y le acarició la mejilla. Ese fugaz instante de intimidad lo dejó completamente confuso. Tratando de ignorar la punzada de deseo que había sentido, volvió a concentrarse en el problema de la chimenea.

Encendió la linterna, se apoyó en el hogar y metió la cabeza para mirar el tiro.

–Hay algo ahí arriba, pero está bastante lejos. Espero poder alcanzarlo –se retiró y le dio la linterna a Jessica–. Ilumíname mientras yo intento desatascarlo.

Jessica se apoyó en el hogar, encendió la linterna e iluminó el tiro. Dylan la miró un momento y luego dejó escapar una risa suave.

–Deberías quitar de ahí la cabeza, a menos que quieras que te caiga todo encima.

Ella se retiró, murmurando para sí:

–Ya lo sabía.

Él quiso burlarse de su evidente irritación por haber cometido un nuevo error.

–¿Qué dices? No te he oído.

–¿Vas a desatascar la chimenea o no? –respondió ella, enfadada.

–Oh, sí, señora. Eso es justamente lo que voy a hacer –no pudo contener la risa.

Por fin, se concentró en lo que estaba haciendo. Se apartó todo lo que pudo de la boca del tiro y metió el palo hasta que tocó lo que lo bloqueaba. Movió el palo arriba y abajo y comenzaron a caer plumas y ramas secas. De pronto cayeron todo los residuos acumulados en el conducto. Jessica dio un salto y tiró la linterna mientras trataba de quitarse el polvo que le había entrado en los ojos. Dylan se echó hacia atrás, tosiendo en medio de una nube de cenizas y polvo.

Salieron al porche para tomar aire. Jessica se quitó del pelo algunas plumas y se pasó las manos por la cara para limpiarse la ceniza.

–Creo que lo hemos desatascado –Dylan se

sacudió las ramitas que tenía en la ropa–. ¿Tienes una aspiradora? Va a ser difícil quitar toda esa ceniza con el cepillo.

–Sí, pero no hay...

–¡Electricidad! –Dylan acabó la frase.

Los dos estallaron en una risa espontánea, que se desvaneció tan súbitamente como había empezado. Sus miradas se encontraron. Involuntariamente, Dylan tendió la mano y le quitó a Jessica un poco de ceniza que tenía en la cara. Dejó que sus dedos acariciaran suavemente su mejilla y, luego, tomó su cara entre las manos. En ese momento, deseaba tomarla entre sus brazos y besarla, pero resistió la tentación y la soltó. Sabía que no debía atreverse.

Jessica se estremeció al sentir su contacto y se apartó de él. Su sola presencia la excitaba de un modo que nunca antes había experimentado. Trató de disipar la sensación hipnótica que la envolvía. Aquella situación no le gustaba, y tenía que acabarse lo antes posible.

Dio un paso atrás para alejarse de él.

–Bueno –reprimió el repentino nerviosismo que la sacudía. Todavía podía sentir el calor de la caricia de Dylan–, hay que limpiar todo esto –volvió a entrar en la cabaña, dejando a Dylan en el porche.

Él siguió con la mirada la línea de sus caderas y la curva de su trasero, marcada por el pantalón ajustado. Volvió a sentir la punzada del deseo. Jessica McGuire era tan deseable como cualquier mujer que hubiera conocido, pero no se parecía a ninguna de ellas. Él necesitaba poner orden en su vida, no complicársela aún más pensando en una mujer que, además, era la hermana de su mejor amigo.

Mientras limpiaban, Jessica procuró mantenerse apartada de él. Cuando acabaron, había caído la tarde. La mañana había sido un desastre. Dylan Russell había trastocado la vida tranquila de Jessica, y a ella eso no le gustaba. Pero lo peor era que no sabía qué hacer al respecto. Todavía sentía los dedos de él en su mejilla.

Dylan era consciente de cada gesto y cada movimiento de Jessica, cuya paciencia parecía haberse agotado con aquel cúmulo de pequeños desastres. Pensó que lo mejor sería retirarse y darle un poco de tiempo para que se calmara. Adoptó la actitud del hombre mundano que está de vuelta de todo y miró en torno suyo, satisfecho de ver que la habitación había quedado limpia.

–Parece que todo está bajo control. Creo que es hora de que me dé una ducha –desapareció en el cuarto de baño.

Muchos años antes, una Jessica adolescente se había pasado todo un fin de semana persiguiéndolo como un perrito faldero. A Justin aquello le había parecido muy gracioso. Luego, al año siguiente, Dylan comprobó que Jessica había florecido. Pero la diferencia entre una colegiala de dieciséis años y un universitario de veinte era considerable, y Dylan no quiso enredarse con una muchacha menor de edad, y menos aún siendo ella la hermana de su mejor amigo.

Volvió a pensar en Jessica aquella mañana. Recordó sus curvas, sus piernas largas y bien torneadas, su pelo revuelto.... Fugazmente, pensó en cómo podía conseguir que volviera a perseguirlo como cuando tenía quince años.

Se miró al espejo y lanzó un suspiró de resignación. Nada le había salido bien aquella mañana. En realidad, nada le salía bien desde hacía tres meses. Encendió la maquinilla de afeitar eléctrica, confiando en que las pilas no se gastaran antes de que acabara de afeitarse.

Jessica oyó el ruido de la ducha. Por fin, un momento de paz sin la presencia inquietante de Dylan Russell. Se sirvió más café, encendió la radio a pilas y se sentó en una esquina del sofá. Pensó en lo que había ocurrido. Ella solo había ido en busca de un poco de descanso y soledad. Eso no era mucho pedir, pero el mundo entero parecía conspirar contra ella. Le había sucedido una calamidad tras otra: primero, la lluvia mientras conducía hacia la cabaña; luego, el apagón; y, por último, Dylan Russell.

La situación era insostenible. Dylan debía marcharse en cuando saliera del baño. No podía continuar allí. Jessica estaba decidida. Sería amable, pero firme. Él debía comprenderlo.

Luego, volvió a pensar en aquella mañana, cuando se había despertado con el brazo de Dylan enlazado a su cintura. Todavía podía sentir la tibieza que emanaba de su piel en esos momentos de duermevela. Recordaba vivamente cada línea de su torso y su sonrisa maliciosa. Dylan Russell era un granuja, un embaucador, un truhán, un seductor... No era el tipo de hombre que podía interesarla... De ninguna manera.

Intentó alejar esos pensamientos. Tomó otro sorbo de café y se reafirmó en su resolución. Dylan debía marcharse cuanto antes. Su decisión era firme. Nada podría hacerle cambiar de opinión.

Pero, un instante después, en un acto de total desafío a sus deseos conscientes, comenzó a pensar en cómo sería besarlo. Aquella idea la asaltó de forma involuntaria y no contribuyó precisamente a acallar los deseos que intentaba negarse a sí misma.

Dejó la taza vacía en la cocina y se entretuvo cerrando las ventanas. Unos minutos después, la puerta del cuarto de baño se abrió. Jessica luchó contra su impulso de mirar. No podía permitirse quedarse otra vez prendida de los ojos verdes y la sonrisa devastadora de Dylan. Pero, al igual que antes, sus ardientes deseos vencieron a su voluntad, y por fin miró hacia la puerta del cuarto de baño. Su resolución se desvaneció al instante. Dylan tenía un aspecto fresco, relajado y sensual.

Capítulo Tres

Jessica comprendió que debía decir lo que pensaba antes de sucumbir por completo a la sugestión de los deseos que se ocultaban tras la sonrisa y los ojos de Dylan.

Desvió la mirada e intentó concentrar su atención en un objeto inanimado. Eligió la lámpara de mesa. Un temblor nervioso la hacía estremecerse.

–Yo... he estado pensando. Antes que nada, debemos solventar el problema de quién va a quedarse en la cabaña. Ya sé que Justin te dejó la llave porque se suponía que yo iba a estar en Nueva York, pero debes comprender que las circunstancias han cambiado. No estoy en Nueva York. Y, bueno, con el apagón... –respiró hondo en un intento por calmar su ansiedad creciente–. En fin, creo que estarías mejor en el hostal. Está a unos pocos kilómetros de aquí, en la carretera principal.

–No, no estaría mejor en el hostal.

–¿Cómo? –Jessica alzó la cabeza para mirarlo, asombrada. Sus palabras la habían pillado desprevenida. La mirada inexpresiva de Dylan no dejaba traslucir qué pensaba, lo que aumentó su ansiedad. Volvió a mirar a la lámpara, incapaz de sostener la mirada de Dylan. Hizo un esfuerzo por hablar, pero sus palabras sonaron con menos firmeza de la que pretendía–. El hostal es muy agradable. Creo que estarás mejor allí que aquí, sin ninguna actividad y sin gente con la que poder relacionarte.

Él cruzó los brazos y se apoyó en la pared. Su voz sonó firme y tranquila, pero no desafiante.

–Tú solo posees la mitad de esta cabaña. La otra mitad es de Justin. Le dijiste que estarías en Nueva York tres semanas. Y él me prestó la cabaña. Como eres tú quien ha llegado sin avisar, creo que tengo derecho a quedarme.

Ella se puso a revolver los restos del fuego con el atizador, mientras elegía cuidadosamente las palabras. No quería iniciar una discusión, pero debía dejar clara su posición. Se volvió para mirarlo de frente.

–Que yo debiera estar en Nueva York ya no importa. El hecho es que estoy aquí –respiró hondo para suavizar su tono–. Lamento mucho esta situación tan incómoda, pero realmente creo que estarás mejor en el hostal. Esta cabaña no es como los sitios donde tú sueles alojarte. Este aislamiento debe de ser muy distinto de tu rutina normal. En realidad, no comprendo qué haces aquí.

Un latigazo de ira restalló en la voz de Dylan.

–Mi «rutina normal» también tiene períodos de aislamiento –hizo una pausa y tomó aire antes de murmurar–. Pero tú no lo entenderías.

Jessica vislumbró algo en su mirada. ¿Un destello de vulnerabilidad? Pero ese destello desapareció tan súbitamente como había aparecido, para ser reemplazado por una apariencia de calma. Había sido solo un fulgor, pero bastó para que Jessica pensara que por la cabeza de Dylan pasaban más cosas de las que decía. ¿Se estaba escondiendo de algo, o quizá de alguien?

No sabía exactamente a qué se había dedicado Dylan en los últimos años. Quizá los «negocios» de los que Justin le había hablado no fueran más que una tapadera para sacar su dinero a gente inocente. Se le encogió el corazón al pensarlo y deseó que no fuera cierto. Observó a Dylan un momento. Parecía tan tranquilo como si nada pudiera afectarlo. Jessica deseó sentirse tan calmada como él.

A Dylan no le importaba que ella lo presionara. No tenía intención de irse a un hostal, donde estaría rodeado de gente. Tampoco quería confinarse entre las cuatro paredes de una habitación de hotel. Y el pequeño apartamento que tenía en Los Ángeles no era tan grande como la cabaña. Era apenas un lugar donde cambiarse de ropa y echar un sueño entre dos vuelos. La idea de estar en el apartamento, rodeado por los edificios y el tráfico infernal de Los Ángeles, no le apetecía en absoluto. La cabaña de Justin en medio del bosque era la solución ideal para sus necesidades. Hasta con Jessica allí, era preferible a las otras opciones.

O, tal vez, lo era precisamente porque Jessica estaba allí.

Un ligero escalofrío de temor le recorrió el cuerpo. Necesitaba aquella cabaña. Sabía que lo mejor era ofrecerle a Jessica un trato, intentar convencerla de que podían arreglárselas, aunque ella tenía una expresión de terca determinación que lo inquietaba.

Separó los brazos del cuerpo y trató de relajarse mientras cruzaba la habitación para acercarse a ella. Volvió a adoptar el tono encantador que tan buenos resultados le había dado siempre.

–Esto no tiene por qué ser un problema. La cabaña es lo bastante grande como para que nos acomodemos los dos sin molestarnos –puso una voz seductora–. Hay dos habitaciones. Creo que podremos convivir sin problemas –le dedicó su mejor sonrisa–. ¿No crees?

Ella lo miró con la boca abierta. Cuando consiguió decir algo, su voz salió vacilante.

–¿Sugieres que compartamos la cabaña? ¿Que nos quedemos aquí, juntos?

–No nos fue tan mal anoche, cuando compartimos la cama. Y, durmiendo en habitaciones separadas, será incluso más fácil –volvió a asaltarlo el recuerdo de sus cuerpos juntos bajo las mantas, pero logró ocultar sus pensamientos lascivos. Lo último que quería era que ella se alarmara.

–¡Anoche no compartimos la cama! –un rubor de vergüenza se extendió por las mejillas de Jessica.

–Ah, ¿no? –Dylan intentó reprimir la risa que se le escapaba–. ¿Y cómo llamas tú a despertarnos juntos en la misma cama? Recuerda, además, que yo estaba allí primero. Fuiste tú quien se metió en la cama conmigo, y no al revés.

Ella hizo acopio de paciencia, lo miró a los ojos y dijo:

—Yo a eso lo llamo una equivocación.

Dylan no pudo reprimir una carcajada.

—Puedes llamarlo como quieras, pero los hechos son los hechos. Espero poder confiar en ti en los próximos días. Bueno, ¿qué me dices? ¿Hacemos un trato?

—¿Que tú esperas poder confiar en mí...? —dijo Jessica, rabiosa—. No soy yo quien tiene la reputación de ser un seductor internacional, un trotamundos en busca de aventuras.

Aquellas palabras fueron un golpe directo para Dylan. No deseaba escucharlas, aunque sabía que eran ciertas.

—Bueno, señorita McGuire —intentó mantener un actitud animosa, aunque el eco de aquellas palabras continuaba retumbando en sus oídos—, yo no soy aquí el único que tiene una reputación. La tuya es distinta a la mía, pero reputación al fin y al cabo: ordenada, estirada, compulsivamente adicta al trabajo... y sin espontaneidad ni sentido del humor —sabía que no debía atacarla, de modo que intentó suavizar el tono—. Los dos somos adultos y estoy seguro de que podemos llevarnos bien. Yo quiero intentarlo —forzó una sonrisa convencional que, en los negocios, siempre le ganaba la confianza de su interlocutor—. ¿Y tú?

—Esto es absurdo.

Jessica no sabía qué pensar del giro extraño que habían dado los acontecimientos. Necesitaba tiempo para pensar. No sabía qué le molestaba más: si las circunstancias, o el comentario de Dylan sobre su reputación. ¿Realmente daba ella la impresión de ser una adicta al trabajo que no sabía divertirse? Alejó de sí esa desagradable idea. Aquello no era cierto. Él solo intentaba ponerla a la defensiva.

Para ganar tiempo, buscó en un armario un par de lámparas de aceite por si caía la noche y seguía sin haber luz. Finalmente, volvió a mirar a Dylan.

–No veo cómo puede...

Un anuncio de la radio captó su atención. Debido a la crecida del nivel de agua y al lodo que arrastraba la corriente del río, el puente sobre la garganta, la única salida a la carretera principal, había quedado cerrado hasta nuevo aviso. Se miraron el uno al otro sin saber qué decir.

–Parece que ya no depende de nosotros –dijo Jessica.

Dylan vio reflejada la preocupación en sus ojos y se sintió inquieto. No sabía si alegrarse o preocuparse por el cariz que habían tomado las cosas.

–Eso parece.

Al cruzar su mirada con la de Dylan, Jessica sintió un escalofrío. Se pasó la mano por la nuca, intentando difuminar aquella sensación desconcertante, pero no consiguió sustraerse a la magnética presencia de Dylan. Su pánico crecía a cada minuto. Las noticias sobre el puente no podían ser peores.

Trató de mantener la compostura, a pesar de

la inquietud que se había apoderado de ella. Lo peor no era haber quedado temporalmente incomunicados, sino estar encerrada en una cabaña con el hombre más atractivo que había conocido nunca. La presencia de Dylan era demasiado tentadora. La perspectiva de lo que podía ocurrir la asustaba.

Sus pensamientos retornaron a aquella mañana, en su habitación: la tibieza del cuerpo de Dylan junto al suyo, la impresión de su mano sobre su piel... Sintió una sacudida de excitación que suprimió sus intentos de negarse a sí misma sus deseos.

Si tenía alguna posibilidad de sobrellevar aquella incómoda situación, debía mantenerse alerta y no permitir que la presencia de Dylan hiciera flaquear su determinación. Por muy atractivo que lo encontrara, tenía que resistirse a la tentación.

–Bueno, en vista de que estamos encerrados aquí temporalmente –le lanzó una mirada de advertencia dándole a entender que no estaba de humor para discusiones–, creo que debemos establecer ciertas normas.

Si pudiera sentirse tan segura como aparentaba... Sí, necesitaba algunas normas, pero más para poner orden en su propia confusión que por otra cosa. Lo miró un momento. Él no reaccionó a sus palabras. Empezó a sentirse más segura. Quizá le estaba dando a todo aquello más importancia de la que tenía. Tal vez se estaba comportando igual que aquella vez, hacía años, cuando él la invitó a comer. Quizá Dylan solo trataba de ser amable con la hermana de su amigo y de sobrellevar lo mejor posible la situación. Como él había dicho, los dos eran adultos. Era cierto. Estaban atrapados en una situación anormal, pero eso no significaba que...

Otro escalofrío le confirmó lo que ya sospechaba: aunque intentara mentirse a sí misma, sabía que el enamoramiento de su adolescencia había resurgido de su estado latente. En realidad, nunca había olvidado a Dylan Russell. Sabía que él no le convenía en absoluto, como no convenía a ninguna mujer que quisiera una relación estable y duradera. Pero saberlo no impedía que sintiera una sacudida de excitación cada vez que lo miraba.

Trató de poner un poco de sentido a lo que estaba ocurriendo.

—Yo trabajo como relaciones públicas...

—¿De veras? —él alzó una ceja.

Jessica lo miró, ceñuda, sin entender qué había querido decir.

—¿Te resulta difícil de creer?

Dylan se encogió de hombros como si su pregunta no tuviera particular importancia. No tenía sentido decirle lo que pensaba: que estaba siendo demasiado desagradable teniendo en cuenta que su trabajo consistía en ser amable y mediar en situaciones difíciles.

—Solo me sorprende un poco, eso es todo. Justin nunca me ha dicho cómo te ganas la vida. Sigue con lo que estabas diciendo... eso de que necesitamos ciertas normas.

Se sentía ansioso e incómodo. Hasta ese momento, habían tenido abierta la posibilidad de quedarse o de marcharse. Pero, en un abrir y cerrar de ojos, la situación había cambiado drásticamente. Ya no tenían opción. No podían marcharse.

En circunstancias normales, quedar incomunicado en una cabaña con una mujer hermosa habría sido algo placentero, pero Dylan ya no sabía qué pensar de todo aquello. Era un trance que no podía tomarse a la ligera, una situación llena de posibilidades y, al mismo tiempo, de peligros emocionales. No debía complicarse más la vida, a pesar de lo deseable que encontraba a Jessica.

Extendió una mano y le acarició la mejilla. Luego, le tocó suavemente el pelo y la agarró de la barbilla. Se quedó mirando sus profundos ojos azules. Sintió una opresión en el pecho que le cortó la respiración y le entibió el cuerpo. Ella lo excitaba mucho, y eso lo asustaba. Retiró la mano, forzándose a romper el contacto con la sedosa piel de Jessica.

–¿Qué estabas diciendo? ¿Algo sobre unas normas?

–¿Qué? –a Jessica se le había acelerado el corazón–. Sí... las normas –el contacto de los dedos de Dylan todavía acariciaba sus sentidos. Intentó reunir fuerzas. Debía concentrarse. Respiró hondo–. Trabajo como relaciones públicas, lo que significa que paso mucho tiempo sonriendo y siendo amable con personas que, en muchos casos, no me gustan. No quiero pasarme estas pequeñas vacaciones entreteniendo a un... invitado.

42

–¿Es eso? ¿Esas son las normas? –una mueca divertida se dibujó en la comisura de sus labios. Había esperado alguna declaración solemne, no algo tan sencillo–. Te aseguro que no hay ningún problema con eso. Yo puedo entretenerme solo –esbozó una sonrisa–. ¿De acuerdo? –le tendió la mano.

Ella vaciló, pero luego se la estrechó. Sin embargo, lo que empezó siendo un apretón formal se convirtió un segundo después en una caricia sensual. La lógica urgía a Jessica a apartarse de él, pero el suave encanto y la masculinidad de Dylan Russell alteraban sus emociones, sin que ella pudiera impedirlo. Entonces se dio cuenta de que él se estaba acercando.

La mirada de Dylan estaba cargada de una intensidad sensual para la que Jessica no estaba preparada. Un instante después, sintió su cuerpo en contacto con el de Dylan. Deseaba desesperadamente liberarse de su abrazo antes de que fuera demasiado tarde, pero se quedó quieta, atrapada por la magia hipnótica de sus ojos. ¿Qué pasaría si intentaba besarla? Sinceramente, no sabía si tendría fuerzas para impedírselo. Ni tampoco si quería hacerlo. Hizo un débil intento de poner fin a aquella situación. Sus palabras fueron casi un susurro.

–Deberíamos... No hemos comido nada en todo el día...

–Tienes razón –logró decir él. No había querido atraerla hacia sí. Aquello había ocurrido sin intervención de su voluntad. Jessica encendía su deseo como ninguna otra mujer antes.

Pero ¿era aquel el momento oportuno? No sabía qué hacer. Nunca se había sentido tan inseguro con una mujer.

Jessica era muy tentadora. Pero también podía ser una amenaza si no la soltaba en ese preciso instante. Súbitamente, le soltó la mano y retrocedió. Intentó decir algo, sin ser muy consciente de sus palabras.

–He traído algo de comida, pero solo para un par de días. He visto que hay algunas conservas y comida envasada que no requiere refrigeración... –su voz se desvaneció mientras la miraba a los ojos. Volvió a sentir una incómoda opresión en el pecho y se pasó la mano por la cara. Nunca había deseado tanto besar a una mujer como deseaba besar a Jessica en ese instante.

La tensión sexual hacía crepitar el aire. La atmósfera en el interior de la cabaña estaba más cargada de electricidad que la tormenta del exterior. Dylan nunca había conocido a nadie como ella. Cuanto más seductor se mostraba, más se resistía ella a sus esfuerzos. En Jessica había una honestidad que le llegaba al fondo del alma. Ella no hacía ningún esfuerzo por aparentar ser quien no era.

Sintió una repentina melancolía. Quizá no sabía juzgar a las mujeres. Se había entregado completamente a su ex novia, había confiado en ella y había pagado un precio muy alto por su error. Se había jurado a sí mismo no volver a bajar la guardia. Entonces, ¿qué estaba haciendo? Dio otro paso atrás para poner distancia entre Jessica y él.

–Una comida... –era más una pregunta que una afirmación.

Jessica intentó recuperar la calma. Nunca se había sentido tan confusa con un hombre. Se daba cuenta de que la compañía de Dylan sería una auténtica tentación para la mayoría de las mujeres. Pero, por supuesto, ella no se incluía en esa mayoría. El impacto que le había causado Dylan a los quince años no tenía nada que ver con lo que le estaba sucediendo.

Ella era demasiado madura y sensible como para enredarse con alguien como Dylan Russell, a pesar de lo encantador y atractivo que era. Al menos, eso se decía a sí misma. Pero, cada vez que la cara de Dylan se iluminaba con una sonrisa seductora y en sus ojos aparecía un brillo malicioso, se sentía más y más arrastrada hacia lo que sabía que podía ser el peor error que podía cometer... y posiblemente el más excitante.

Dylan se concentró, aparentemente, en las preocupaciones domésticas.

–He traído algunas cosas frescas y unas pocas conservas. Anoche, cuando llegué, puse los huevos y la mantequilla en el frigorífico, antes del apagón. Como no hemos vuelto a abrir el frigorífico, supongo que conservará suficiente frío como para que no se hayan estropeado.

Ella frunció el ceño.

–¿Has traído algo de carne, pollo o pescado? ¿O algún congelado? Eso sí podría estropearse.

–Pensaba ir al mercado esta mañana –miró por la ventana; la lluvia seguía cayendo–. Pero ya no puede ser.

–Haré más café.

–Y yo haré unos huevos –se dirigió al frigorífico y luego se volvió para mirarla–. ¿Los quieres revueltos?

Jessica se acurrucó en la esquina del sofá del cuarto de estar con un libro, dejando a Dylan con sus propios asuntos.

Él acarreó más madera desde el porche y se puso a encender otro fuego. Mantenerse ocupado lo ayudaba a pasar el tiempo, pero no aplacaba el torbellino que sentía en su interior. Aquello no era lo que había previsto al llegar a la cabaña. No estaba preparado para encontrarse a nadie allí, y menos a la desconcertante Jessica McGuire. Debía tomar decisiones que afectarían a su futuro y, posiblemente, a toda su vida. Había conseguido poner un poco de orden en sus pensamientos, pero todavía le quedaba mucho camino por recorrer hasta conseguir un plan sólido.

Se quedó vigilando el fuego hasta que vio que la chimenea tiraba bien y no entraba humo en la habitación. Luego, la inquietud volvió a apoderarse de él. Dio unas cuantas vueltas por el cuarto de estar y el comedor; volvió a la cocina y se sirvió otra taza de café; después, se fue hacia las escaleras. Quizá si ponía distancia entre Jessica y él podría concentrarse.

Sentía un exceso de energía nerviosa. Se detuvo en el primer peldaño de la escalera y miró un momento a Jessica, reclinada en el sofá. Una punzada de excitación le dijo exactamente cómo podría dar rienda suelta a ese exceso de energía. Respiró hondo y continuó subiendo.

Se quedó de pie junto a la puerta corredera que daba a la terraza, mirando la lluvia que se estrellaba contra los cristales. Trató de concentrarse en sus problemas: qué metas quería conseguir, qué cambios necesitaba imprimir a su vida para conseguir esas metas, cómo llevaría a efecto esos cambios... Caminó de un lado a otro frente a la puerta, revolviendo ideas en su cabeza antes de retirarse por fin a la habitación de Justin. Se tumbó en la cama, miró al techo y escuchó la lluvia.

No había manera. No podía relajarse, ni pensar. Se levantó y recorrió de arriba abajo el piso: de la habitación de Jessica a la terraza, de nuevo a la habitación de Justin y otra vez a la terraza. Y todo el tiempo sus pensamientos volaban hacia Jessica. Meneó la cabeza. Ella lo había dejado en tal estado de confusión que no podía pensar en nada más.

Después de media hora de andar de un lado para otro, bajó de nuevo las escaleras. Mientras se acercaba a la chimenea, observó a Jessica por el rabillo del ojo. Estaba exactamente igual que antes: reclinada en una esquina del sofá, leyendo. Dylan envidió su capacidad para concentrarse. Removió los troncos consumidos y puso otros nuevos en el hogar.

Luego dio unas vueltas por la habitación, miró por la ventana y se metió en la cocina. Se sirvió otra taza de café y se quedó de pie junto a la puerta, mirando a Jessica. Además de algo de comida, había llevado consigo unas botellas de vino. Tal vez una copa relajaría la tensión.

El vino, el sonido de la lluvia en el tejado, una mujer bonita, una chimenea acogedora... Todo aquello componía una escena que Dylan había vivido cientos de veces, pero nunca con alguien como Jessica McGuire. Desvió la mirada, intentando reprimir el deseo creciente que sentía. Se agachó un momento frente a la chimenea y, finalmente, se sentó en el primer peldaño de la escalera. Se bebió despacio el café y después volvió a levantarse.

A Jessica, Dylan le recordaba a un animal enjaulado: no paraba de dar vueltas arriba y abajo, incapaz de quedarse quieto más de cinco minutos. Ella había intentado concentrarse en el libro, pero había leído la misma página tres veces y aún no sabía lo que decía. Finalmente, lo cerró. Intentar concentrarse con Dylan en la habitación era casi imposible.

Sintió una punzada de disgusto. Aquella era su cabaña. Se negaba a tener que encerrarse en su habitación para leer. Dylan había dicho que podía entretenerse solo y que ella casi no notaría su presencia, pero no había conseguido ninguna de las dos cosas.

Lo observó un par de minutos antes de darse cuenta de que parecía más preocupado que aburrido. Empezó a pensar en él. ¿Por qué quería estar aislado? No era el tipo de hombre que disfrutaba de la soledad. Todo lo contrario. Era del tipo que necesitaba estar rodeado de gente para no sentirse solo. Sin embargo, allí estaba. Se había negado a marcharse al hostal cuando todavía era posible.

Jessica no lo comprendía, pero, cuanto más miraba a Dylan, más deseaba averiguar por qué estaba allí. Su interés iba más allá de la fascinación por un hombre deseable. Dylan se había convertido en un enigma. Había algo auténtico dentro de él y ella quería descubrirlo.

Dylan abrió la puerta y salió al porche. Jessica lo observó a través de la ventana. De repente, parecía contento de estar allí fuera, mirando la lluvia y tomando café. Jessica se levantó del sofá y se unió a él, dirigiéndole una mirada cordial.

—Pareces preocupado por algo. Ya suponía que este aislamiento no te gustaría. No comprendo por qué pensaste que te encontrarías a gusto aquí. Aunque hubiera corriente eléctrica, no hay televisión, ni vídeo. Justin y yo acordamos que la cabaña sería un lugar donde poder desconectar de todo...

—Eso es lo que yo quería: desconectar de todo.

Jessica esperó, confiando en que dijera algo más, pero Dylan siguió mirándola sin decir nada.

—Pero estás muy inquieto...

Él se alejó un poco y la miró.

—Quería hacer un poco de senderismo, ¿de acuerdo? —no pretendía escupir las palabras de ese modo, interrumpiendo a Jessica en mitad de una frase, pero la inquietud que sentía lo había puesto de mal humor; al ver la expresión seria de Jessica, esbozó una débil sonrisa–. Estar en el bosque, en comunión con la naturaleza... esa clase de cosas.

–Eso podías haberlo hecho en el hostal.

Dylan ignoró su comentario y miró hacia el cielo tormentoso.

–¿No te parece que está aclarando un poco? Quizá mañana salga el sol.

Sabía adónde quería llegar Jessica con aquella conversación: quería saber por qué había ido a la cabaña y por qué se había negado a marcharse. Pero él no quería hablar del asunto. Aquello era algo que todavía no se había dicho claramente a sí mismo y, desde luego, no estaba preparado para discutirlo con nadie. Era un asunto demasiado personal. Recordó a Stanley y Rose Clarkson y volvió a sentirse culpable por lo que había pasado. Al mismo tiempo, sintió miedo por la dirección que tomaría su vida si no era capaz de imprimirle un cambio drástico. Sí, debía pensar en muchas cosas. Pero, por encima de todas, nublando su pensamiento, había algo que no había previsto: la presencia de una mujer misteriosa que literalmente lo dejaba sin aliento.

Jessica miró el cielo.

–No lo creo. Tendremos suerte si no llueve mañana, pero, de todas formas, no creo que salga el sol –lo miró un momento mientras él seguía contemplando el cielo, haciendo caso omiso de sus comentarios. Midió cuidadosamente sus palabras para que no se sintiera acosado–. Todavía no comprendo por qué has preferido quedarte aquí, en vez de en el hostal.

Se estremeció levemente de ansiedad cuando Dylan la miró. No sabía cómo interpretar su expresión. Parecía enfrascado en sus propios pensamientos y preocupaciones. Sin embargo, ella estaba dispuesta a averiguar por qué Dylan Russell había invadido su santuario personal.

–En el hostal estarías mucho más cómodo que aquí –lo miró inquisitivamente, esperando una respuesta. Un brillo apareció en los ojos de Dylan, pero desapareció antes de que Jessica pudiera descifrarlo. ¿Quizás era un brillo de ira? Se quedó quieta bajo el escrutinio de la lenta mirada de Dylan. ¿Lo había presionado demasiado? Sintió un escalofrío.

–No quiero ser desagradable, pero creo que mis motivos no son asunto tuyo –Dylan desvió la mirada, dejando que vagara sin detenerse en nada en concreto.

Jessica se crispó.

–Al contrario... Que te hayas metido en mi cama los convierte ciertamente en asunto mío.

Capítulo Cuatro

En el mismo instante en que aquellas palabras salieron de su boca, Jessica deseó no haberlas pronunciado. Se estremeció al recordar el brazo de Dylan alrededor de su cintura.

Le enfurecía no poder controlar sus emociones. Todo aquello era absurdo. No iba a consentir que sus hormonas se apoderaran de ella, por muy deseable que fuera Dylan.

–Cuando me acosté, la cama estaba vacía –él forzó un tono ligero–. Así es que, técnicamente, fuiste tú quien se metió en mi cama –volvió a asaltarlo el recuerdo de aquella mañana. La intimidad que habían compartido no había sido premeditada. Todo había ocurrido de forma natural. Dylan se sentía a gusto, como no se había sentido con las demás mujeres que había conocido en los últimos años.

Pero su vida ya era demasiado desastrosa como para complicársela aún más. Le puso a Jessica una mano sobre la espalda y la condujo hacia la puerta de la cabaña.

–Entremos. Aquí hace mucho frío –esbozó una sonrisa mientras entraban–. Además, nos estamos perdiendo el fuego –removió las brasas y añadió otro leño.

Jessica se quedó de pie frente a la chimenea.

—Qué bien se está aquí. No me había dado cuenta del frío que hace fuera.

—Sí, la humedad se te mete en los huesos antes de que te enteres y, de pronto, te encuentras congelado hasta el tuétano —se acercó al sofá y agarró el libro que Jessica había estado leyendo—. Yo quería leer este libro. ¿Es bueno?

—Sí, a mí me gusta. Lo empecé en el vuelo entre Nueva York y Seattle y tengo muchas ganas de acabarlo —sabía que lo habría disfrutado mucho más si hubiera podido concentrarse en lo que leía—. Justin lo leyó primero y luego me lo pasó.

Dylan miró a su alrededor, sin fijarse en nada en particular.

—¿Qué tal le va a Justin? —llevó un par de sillones frente a la chimenea, se sentó en uno y le indicó el otro a Jessica—. No hemos tenido oportunidad de hablar. Le mandé un correo electrónico pidiéndole que me dejara la cabaña, y él me envió las llaves con una nota que decía que estaba muy ocupado. ¿Todavía sigue en esa compañía de vuelos charter?

Jessica se sentó en el otro sillón. Era evidente que Dylan tenía ganas de charlar. Las circunstancias les habían dejado atrapados en la cabaña. Ella debía hacer también un pequeño esfuerzo. Era consciente de lo cerca que estaban los sillones, pero todo aquello era tan acogedor: la chimenea, el sonido de la lluvia en el tejado, y, sentado junto a ella, el hombre más deseable que había conocido... Entonces, ¿por qué estaba tan inquieta?

–Sí, todavía sigue en esa compañía. Vuela el máximo de horas permitido y también se ocupa de otras funciones. Es una gran oportunidad para él... –vaciló. No sabía si debía hablarle a Dylan de los planes de Justin.

–¿Una oportunidad? ¿Quieres decir que van a hacerle socio de la empresa? Me lo comentó una vez, pero nunca ha vuelto a hablarme de ello. ¿Lo ha conseguido?

–Bueno, supongo que no le importará que te lo diga. Todavía no lo sabe nadie, así es que te agradecería que no lo comentaras por ahí.

–Por supuesto. Yo sé guardar una información privada. Mis negocios requieren mucha discreción.

–Justin va a comprar la mitad de las acciones de la compañía, con una opción de compra de la otra mitad en cinco años, a un precio prefijado. Estuvo considerándolo desde todos los ángulos y, finalmente, se decidió. Convertirse en socio de la empresa significa asumir muchas responsabilidades y un compromiso a largo plazo.

–Pero eso significa que no podrá pilotar, ¿no?

–Esa es una de las cosas que tiene que considerar. No podrá pilotar tanto como ahora, pero ser socio de la empresa le permitirá labrarse una carrera alternativa, por si ocurriera algo que le impidiera volar. Se lo pensó mucho; lo discutimos varias veces y, finalmente, decidió que era lo mejor. Piensa comprar la otra mitad de la compañía en cuanto pueda –esbozó una sonrisa–. Él no me lo ha dicho, pero sé que está un poco preocupado por si no puede reunir el dinero para ejercer la opción de compra dentro de cinco años. No quiere endeudarse demasiado, pero tampoco quiere perder esta oportunidad. Yo he pensado invertir todos mis ahorros en comprar un diez por ciento de las acciones para ayudarlo a reunir el dinero que necesita –rio suavemente–. Me hace gracia pensar en convertirme en socia de Justin, pero es una posibilidad.

Él alargó la mano y le tocó suavemente la mejilla. En su voz había una ternura que sorprendió a Jessica.

–Es la primera vez que te veo sonreír desde esta mañana –contempló los ojos de Jessica, tratando de ignorar la urgencia del deseo que sentía–. Tienes una sonrisa preciosa. Deberías hacerlo más a menudo –dándose cuenta de la inquietud de Jessica, retiró la mano rápidamente y volvió a mirar el fuego, pensativo–. Es interesante que Justin piense en su futuro. Yo... bueno, yo también lo he hecho últimamente –no había querido decirlo, pero se le había escapado; rápidamente, intentó desviar la cuestión–. ¿Cómo piensa financiar la compra? ¿Tiene dinero para comprar la mitad de las acciones ahora?

–No estoy segura. ¿Por qué lo preguntas?

–Yo podría ayudarlo.

–Quieres decir... –no quería que sus palabras parecieran una acusación–, ¿con uno de tus *negocios*?

Dylan se giró para mirarla directamente.

–Lo dices como si me dedicara a algo ilegal, o

poco ético –la estudió un momento antes de contestar a su pregunta–. No, quería decir que puedo prestarle dinero si lo necesita.

Ella abrió mucho los ojos, asombrada.

–Pero es una gran suma de dinero... Ni siquiera sabes cuánto necesita.

–Tienes razón, no lo sé –estaba tan a gusto hablando junto al fuego que había bajado la guardia. No sabía qué decir, cuánto revelar. ¿Debía decirle la verdad: que era multimillonario? Decidió no hacerlo. No quería que ella lo malinterpretara, que pensara que quería comprar la gratitud de Justin. O, peor aún, la suya.

Le acarició suavemente la mejilla a Jessica. De nuevo volvió a sentir una opresión en el pecho. Lo que le había dicho sobre su discreción era cierto. Nunca hablaba de sus negocios con nadie más que con los interesados. Tampoco hablaba con nadie de su dinero.

–¿Cómo puedes decir que le prestarás el dinero si no tienes ni idea de cuánto es? –el calor de la caricia de Dylan la estremecía. ¿Qué había en Dylan Russell que la dejaba tan indefensa? Fuera lo que fuera, la asustaba y, al mismo tiempo, la retenía a su lado.

–Me refería a que podría hacer lo que estuviera en mi mano para ayudarlo –siguió acariciando la mejilla de Jessica y luego sostuvo su barbilla. Su voz era suave y seductora–. No querría que Justin perdiera esa oportunidad si yo puedo hacer algo por él.

–Eres muy amable –susurró Jessica.

–Justin es mi amigo... mi mejor amigo –sintió

una punzada de tristeza al pronunciar las últimas palabras en un murmullo casi inaudible–. Quizá mi único amigo verdadero –intentó alejar la melancolía antes de que lo desbordara. Se inclinó hasta que su cara quedó a pocos centímetros de la de Jessica. Deseaba besarla, saborear su boca de aspecto delicioso. Pero de nuevo se sintió asaltado por la incertidumbre–. ¿Y qué hay de ti, Jessica? –sucumbiendo a la tentación, rozó suavemente sus labios–. ¿Tú también eres mi amiga?

Vio reflejado en los ojos de Jessica el mismo azoramiento que nublaba su vista. ¿Había cometido un error colosal? Nunca se había sentido así con una mujer. No tenía experiencia con mujeres como Jessica: sinceras, independientes y realistas, cualidades que encontraba muy atractivas. Lo que sentía iba más allá del simple deseo de querer llevarse a la cama a una mujer hermosa. Lo que le estaba sucediendo lo asustaba y, al mismo tiempo, lo intrigaba.

Sentía una creciente preocupación por lo fácil que podía ser involucrarse emocionalmente con Jessica, lo que lo llevaría a tener que asumir algún tipo de compromiso. Pero él ya había hecho antes ese camino. Se había dejado arrastrar por su corazón hasta el altar y había salido malparado. Había sido una lección dolorosa que no quería repetir. Por otra parte, lo asustaba pensar que Jessica no era una mujer cualquiera. Aunque ya no era una jovencita menor de edad, seguía siendo la hermana de Justin. Y Dylan ya se sentía demasiado culpable por lo que les había sucedido a los Clarkson como para complicarse aún más la vida. Sin embargo, no podía dejar de pensar en Jessica y en lo que podía suceder cuando cayera la noche.

Alargó una mano y le acarició la cara. Los labios de Jessica, ligeramente entreabiertos, parecían buscarlo, pero en su mirada había una expresión de recelo. Dylan cerró los ojos un momento, respiró hondo y se apartó.

Fuera, la débil luz solar que se había abierto camino a través de la tormenta se estaba desvaneciendo. De alguna manera, en el curso de un día lleno de tensión, Jessica había invadido completamente los sentidos de Dylan. A esa hora, cuando caía la noche y estaban conversando tranquilamente, la tentación de su presencia se le hacía casi irresistible. Pero, a diferencia de lo que le ocurría con las demás mujeres, Dylan no daba nada por sentado con ella.

Carraspeó nerviosamente y trató de calmarse.

–Será mejor que traiga más madera –se levantó y removió el fuego con el atizador.

–Buena idea –ella se pasó la mano por la nuca, pero no consiguió detener el estremecimiento que le había causado la caricia de Dylan. Se pasó los dedos por los labios–. Mientras tú vas a por la madera, yo sacaré las lámparas de petróleo –vio las lámparas que ya había extraído de un armario–. Quiero decir... –miró a su alrededor, con un nudo en la garganta. Se sentía perdida, como si intentara hallar un camino en un territorio desconocido–, que traeré más cerillas y pilas para la radio y la linterna.

Nunca nadie la había perturbado como lo hacía Dylan. Trataba de decirse a sí misma que aquello no era más que la reacción lógica ante un hombre tan atractivo, como la que sentiría de encontrarse junto a una estrella de cine. Pero, cada vez que se lo repetía, comprendía al mismo tiempo que era mentira.

Miró a Dylan mientras acarreaba más leña, la colocaba junto a la chimenea y añadía un par de troncos a la hoguera. Todo en él la turbaba. Nunca había sentido nada parecido por un hombre.

Él se giró para mirarla, sonriendo.

–El fuego durará un buen rato –miró su reloj–. Al menos, hasta que nos vayamos a la cama... –su sonrisa se desvaneció al encontrarse sus miradas.

El aire entre ellos estaba cargado de una energía sensual que ninguno de los dos podía ignorar. Como si no pudiera controlar sus acciones, Dylan dio un paso hacia ella y la agarró de la mano.

–¿Has encontrado la lámpara de petróleo y las pilas? –sabía que era una pregunta absurda, pero se sentía impelido a decir algo para calmar su agitación.

–Oh... sí, están en la cocina.

Él la condujo hacia los sillones frente a la chimenea.

–Ponte cómoda –miró a través de la ventana. Mientras anochecía, la lluvia seguía estrellándose contra los cristales; solo el fuego iluminaba la habitación–. He traído algunas botellas de vino. Una copa de vino va bien con una noche tormentosa y un buen fuego, ¿no crees? Así podremos hablar... y conocernos un poco mejor –sonrió animoso.

Ella trató de decir algo, pero no le salió la voz. Asintió con la cabeza, incapaz de pronunciar palabra.

Dylan desapareció en la cocina y volvió unos minutos después con dos copas de vino. Le dio una a Jessica y se sentó en su sillón. Alzó su copa.

–Brindemos por los nuevos amigos –la miró inquisitivamente y volvió a sentir la opresión en el pecho que lo acometía cada vez que la miraba– y por las promesas que el futuro nos depara.

Ella alzó su copa y, con mano temblorosa, la hizo chocar con la de Dylan. Repitió las palabras de él, forzando la voz.

–Por los nuevos amigos.

Él bebió un trago y se acomodó en el sillón.

–Cuéntame algo sobre ti, Jessica. ¿Qué has hecho desde los dieciséis años? Llevas el apellido McGuire. ¿Significa eso que no te has casado?

–Volví a utilizar mi nombre de soltera cuando me divorcié, hace siete años –bebió un sorbo de vino y sintió una suave calidez difundirse por su cuerpo–. ¿Y tú? ¿Te has casado?

–El matrimonio es para los tontos.

Jessica se sorprendió.

–Esa es una opinión muy cínica.

–Puede ser –él reflexionó un momento y luego volvió a dirigirse a ella–. ¿Tienes hijos?

–No –apretó los dientes; su voz sonó amarga–. Mi ex marido no quería.

Dylan se sintió conmovido por aquel fugaz destello de dolor. Acarició la mejilla de Jessica, tocó su pelo y le rozó suavemente el cuello. Sus palabras sonaron casi en un susurro.

–Siento que saliera mal –respiró hondo en un vano intento por calmar la inquietud que sentía, sin conseguirlo. Deseaba hacer mucho más que sentir la textura de la piel de Jessica. Tenía un nudo en la garganta y luchaba por decir algo que le impidiera hacer lo que realmente deseaba–. Dijiste... que trabajas como relaciones públicas. ¿Tienes tu propia empresa?

–Trabajo como consultora independiente, así es que supongo que yo soy mi propia empresa.

–¿Te gusta?

Jessica todavía se estremecía por la suave caricia de Dylan. Contuvo el aliento y bebió un poco de vino. Aquella atmósfera hipnótica la perturbaba. Dylan era igual que su marido: guapo, encantador y con maneras de seductor impenitente. No le convenía en absoluto. Pertenecía al tipo de hombre incapaz de abandonar su vida de trotamundos para asumir responsabilidades y compromisos. Igual que su ex marido. Así pues, ¿por qué su mero contacto la hacía temblar de deseo?

Bebió un sorbo de vino antes de responder.

–Sí, me gusta mucho mi trabajo. Me gusta ver los frutos de mis esfuerzos.

Él se reclinó en el sillón y meneó el vino en su copa, contemplado su rico color rojo antes de beber. Su expresión se tornó pensativa y sus palabras sonaron como si las dijera para sí mismo.

–Ver los frutos de tus esfuerzos debe de ser muy gratificante –bebió un trago mientras miraba sombríamente el fuego.

Ella frunció el ceño. Dylan parecía estar a miles de kilómetros, como si sus pensamientos hubieran volado muy lejos de aquella conversación.

–¿Es que tú nunca ves los resultados de lo que haces?

–Algunas veces... Bueno, no siempre es posible –el resultado de lo que hacía... sí, lo había visto. Había visto a un hombre amable y a su mujer prácticamente arruinados por sus «esfuerzos». Forzó una sonrisa e intentó desviar la conversación–. Prefiero que hablemos de ti. ¿Cómo te metiste en el mundo de las relaciones públicas?

Un anuncio de la radio interrumpió la conversación. Aunque la lluvia había amainado considerablemente donde ellos estaban, todavía llovía muy fuerte más arriba, en las montañas, y el puente permanecería cerrado toda la noche. El suministro eléctrico continuaría cortado hasta que pasara la tormenta y pudieran hacerse las reparaciones necesarias.

Dylan no sabía si aquello era o no lo que quería escuchar. El tiempo que había pasado con Jessica le había bastado para comprender sin atisbo de duda que, si seguían juntos en la cabaña, haría algo para acercarse a ella. Pero también tenía miedo de lo que sentía.

–Nuestras copas están vacías –se levantó del sillón y tomó la copa de Jessica–. Traeré más vino.

–No... –ella sintió una punzada de pánico. El suave sonido de la lluvia en el tejado, el fuego acogedor, un hombre que hacía que se le acelerara el corazón... Una segunda copa de vino no parecía una buena idea. Pero, al mirar los ojos verdes de Dylan, no hizo falta que pensara en nada más–. Bueno... quizá solo media copa.

Una cálida sonrisa iluminó la cara de Dylan.

–Ahora vuelvo.

Jessica lo miró hasta que desapareció en la cocina; luego, se reclinó en el sillón, cerró los ojos y respiró hondo. Ella no era una estúpida adolescente. Era una mujer madura. Así es que, ¿por qué se le alteraban las hormonas cada vez que él la miraba?

Capítulo Cinco

–Aquí tienes.

Jessica tomó la copa que Dylan le tendía.

–Gracias, aunque esto es más de media copa.

Una sonrisa maliciosa se dibujó en la cara de Dylan.

–Creo que se me ha olvidado.

Jessica no pudo enfadarse al ver su expresión traviesa.

–Ya veo. Se te ha olvidado...

Él se puso serio.

–¿Dudas de mi integridad?

–Quizás –bromeó ella, sonriendo–. ¿Ponen en duda tu integridad muy a menudo?

–¡Nunca! Soy mundialmente famoso por mi integridad –pero aquella pequeña broma lo hirió, de pronto, al recordar a Stanley y Rose Clarkson. Con ellos había actuado con integridad, desde luego. No había hecho nada malo, pero la culpa y el remordimiento continuaban atormentándolo.

Agarró el atizador y removió los leños con saña, en un intento por calmar el torbellino que sentía en su interior. No quería que Jessica vislumbrara su lado vulnerable.

–Así está bien –dejó el atizador, complacido

por haber sido capaz de controlar la situación–. Por ahora bastará con esta madera –se giró para mirarla. La luz del fuego bañaba el rostro de Jessica con un suave fulgor dorado que también se reflejaba en sus ojos. En toda su vida, Dylan no había visto nada tan cautivador. Aquella visión le hizo enmudecer. Nunca había deseado a nadie tanto como deseaba a Jessica en ese momento.

Sintió un estremecimiento de pánico. La razón le decía que se encerrara en la habitación de Justin antes de hacer algo de lo que pudiera arrepentirse. Pero su deseo era más fuerte que su razón. Agarró un par de cojines y los colocó junto al fuego; tomó la copa de Jessica y la puso en la repisa de la chimenea junto a la suya.

–Me parece que estabas hablando de tu trabajo –agarró a Jessica de la mano y tiró suavemente de ella–. Creo que estaremos más cómodos aquí, junto al fuego.

¿No tenía ya suficientes problemas? En el fondo de su alma sabía la respuesta, pero prefería ignorarla.

–No sé si es buena idea... –la voz de Jessica se desvaneció antes de que acabara la frase. Él la llevó suavemente hacia los cojines. El calor de la caricia de Dylan se extendió por su mano y su brazo y se comunicó a todo su cuerpo. Era un calor sensual que irradiaba de su interior y que era mucho más intenso que el generado por el fuego. Jessica temía lo que podía ocurrir, pero se sentía incapaz de resistirse. Se había dejado atrapar por el magnetismo sexual de Dylan.

En cuanto ella se sentó en el cojín, Dylan tomó las copas de la repisa de la chimenea, le tendió la suya a Jessica y, con expresión distraída, se sentó en el otro cojín. Sumido en sus pensamientos, bebió un trago de vino y contempló el fuego. Jessica observó su perfil, la expresión preocupada de su rostro y sus músculos tensos. Algo lo preocupaba. Quizá su vida no fuera tan frívola como ella pensaba.

–¿Estás bien?

Él la miró, confundido.

–¿Si estoy bien? Sí, claro. ¿Por qué lo preguntas?

–Pareces... bueno, un poco preocupado –no sabía cómo proceder–. ¿Algo va mal? –vaciló y, luego, preguntó cautelosamente–. ¿Hay algo de lo que quieras hablar? –la tristeza que vio en los ojos de Dylan la conmovió, y, de pronto, se sintió unida a él por un vínculo que sobrepasaba la atracción sexual; le tocó el brazo y aventuró–. A mí me gusta escuchar.

Cuando Dylan volvió a mirarla, se sintió otra vez atrapada por la profundidad de sus ojos. Sin embargo, no desvió la mirada. Con el rostro crispado, Dylan volvió a mirar el fuego un momento. Un instante después, cuando miró de nuevo a Jessica, la incertidumbre que un segundo antes había en su mirada había sido reemplazada por una expresión jovial.

–¿Por qué crees que algo va mal? ¿Puede haber algo mejor que esto: un buen fuego, una botella de vino...? –extendió la mano y tocó la mejilla de Jessica. Luego, acercó suavemente sus labios a los de ella y la besó apasionadamente.

Jessica se sintió sacudida por una oleada de excitación. Aquello estaba mal... muy mal. Pero, entonces, ¿por qué le parecía tan bueno? Todas sus dudas se desvanecieron cuando él la estrechó entre sus brazos y, atrayéndola hacia sí, le acarició la espalda y los hombros de una forma tan sensual que Jessica no habría podido resistirse aunque hubiera querido. Rodeándole el cuello con los brazos, ella le devolvió el beso con un ardor que reveló la pasión escondida bajo su apariencia de mujer fría y cerebral.

Dylan hundió los dedos entre el pelo de Jessica y se recostó en los cojines, arrastrándola consigo. Rozó con sus labios suavemente los de Jessica y luego volvió a atrapar su boca con renovada intensidad. Dylan quería más. Jessica era tan deliciosa como había imaginado... y como había temido. Cualquier pensamiento, cualquier intento de racionalizar sus acciones, era acallado por el latido excitado de su corazón.

Jessica había caído en la tela de araña tendida por la sensualidad de Dylan Russell. El corazón le martilleaba en el pecho y la mente se le había quedado en blanco. Hundió sus dedos en el espeso cabello de Dylan y le permitió que la estrechara fuerte contra su cuerpo. Aquello estaba mal, pero era delicioso. Un escalofrío le recorrió la espina dorsal cuando él introdujo la mano bajo su jersey y le acarició la espalda. La excitación que sentía parecía presagiarle el éxtasis y, al mismo tiempo, la llenaba de miedo.

Hacía muchos años que no se sentía tan atraída por un hombre. Y, una vez más, se había inclinado por uno al que no le interesaban las cosas que ella buscaba en una relación: compromiso, responsabilidad y sinceridad. Todo cuanto sabía de Dylan le hacía pensar que era como su ex marido. Pero no quería caer en el mismo error, por mucho que Dylan la excitara. De alguna manera debía encontrar fuerzas para poner fin a aquella situación, antes de que fuera demasiado tarde. Pero, entonces, un nuevo beso de Dylan despertó en ella una pasión que nunca antes había experimentado. Todas sus dudas se evaporaron.

La ardiente respuesta de Jessica dejó a Dylan asombrado. No había esperado tanto entusiasmo. Sabía, sin asomo de duda, que no debía hacer aquello, pero saberlo de forma consciente no cambiaba las cosas. Ella lo excitaba como ninguna otra mujer antes, provocándole un deseo que iba más allá de la simple atracción física y que lo asustaba.

Trató de alejar todo pensamiento de su mente. No quería pensar, ni racionalizar lo que hacía. Solo quería dejarse llevar. Acarició la piel tersa de Jessica bajo su jersey, deslizando la mano por su espalda y estrechándola más fuerte entre sus brazos. Sentía la suave presión de los pechos de Jessica cada vez que ella respiraba. Pasó la mano por la curva de sus caderas y por sus glúteos, y se apretó más contra ella.

Su beso se deslizó de la boca de Jessica a su cuello. Un leve gemido se le escapó de los labios, seguido por un escalofrío de pánico. Sabía que había tomado un camino que solo podía llevarlo al lugar equivocado. Saberlo, sin embargo, no importaba. Jessica lo había subyugado como ninguna otra mujer antes.

Jessica no podía pensar. Ligeros estremecimientos de placer puro seguían a los besos de Dylan. Estaba segura de que hacer el amor con Dylan Russell sería una experiencia única.

Pero, entonces, una punzada de miedo le devolvió la razón. Se apartó de él, en un intento de escapar de su abrazo. Tenía miedo de lo que Dylan le hacía sentir y de lo indefensa que estaba ante él.

Su voz era apenas un susurro.

–Esto no está bien. Vamos a dejarlo –intentó imprimir un tono de seguridad y confianza a su voz, pero no se atrevió a mirarlo a los ojos.

–¿Por qué?

Jessica se levantó.

–Todo va demasiado deprisa –se echó nerviosamente el pelo hacia atrás–. Puede que tú estés acostumbrado a ir tan rápido, a las conquistas fáciles y el sexo frívolo, pero ese no es mi estilo.

Él se crispó al oír aquellas palabras.

–¿Qué quieres decir con eso?

Ella dio unos pasos hacia atrás para escapar del irresistible magnetismo que irradiaba de él. Trató de adoptar una actitud fría.

–Te agradecería que llevaras tus cosas a la habitación de Justin. Ha sido un día muy largo y estoy cansada.

Él no hizo ningún esfuerzo por ocultar la irritación que le habían causado las acusaciones de Jessica.

–Ya las cambié esta mañana.

Ella lo miró sorprendida y luego se dio la vuelta. Dylan estaba tan guapo y deseable... No podía caer otra vez en sus redes.

–¿Esta mañana? ¿Antes de que cerraran el puente?

Él ignoró su pregunta y se sentó, intentando calmarse. Estaba furioso por lo que ella había dicho: conquistas fáciles y sexo frívolo... ¿Pensaba Jessica sinceramente que eso era lo que buscaba en ella, o todo lo que le importaba en la vida?

Jessica vaciló.

–Yo... creo que es hora de decirnos buenas noches.

Al ver la incertidumbre reflejada en la cara de Jessica, Dylan se calmó un poco. Quizá sus acusaciones fueran ciertas, al menos en lo que concernía a su pasado.

–Te veré por la mañana –ella comenzó a subir las escaleras sin esperar la respuesta de Dylan.

Este la miró hasta que la perdió de vista. No sabía qué pensar de su actitud. Primero estaba entre sus brazos, toda ella ardor y pasión, y, al instante siguiente, le lanzaba injustas acusaciones. Siguió mirando las escaleras, pero Jessica no apareció. Finalmente se levantó, encendió una de las lámparas de petróleo y apagó los rescoldos del fuego.

Se llevó la lámpara al piso de arriba y se detuvo un momento junto a la puerta cerrada de la habitación de Jessica. Todavía permanecía en sus sentidos el calor de los besos apasionados que habían compartido. Deseaba más, pero, al mismo tiempo, una sensación de peligro templaba sus deseos.

Llamó quedamente a la puerta.

—¿Jessica?

Esperó, pero no obtuvo respuesta. Se fue a la otra habitación y dejó la lámpara sobre la mesilla de noche. La inquietud lo consumía. Miró por la ventana. Casi había dejado de llover. Quizás el día arrojaría luz sobre lo ocurrido. Echó un vistazo a su alrededor, buscando algo que leer. Abrió la portezuela de la mesilla de noche, sacó un par de revistas y volvió a guardarlas. Luego abrió el cajón. No pudo evitar sonreír al ver los paquetes de condones. Quizá Jessica consideraba la cabaña como un lugar donde refugiarse en busca de tranquilidad, pero estaba claro que para Justin era un sitio donde llevar a sus conquistas. Agarró uno de los paquetes y miró hacia la puerta del dormitorio. Jessica estaba tan cerca... Dejó escapar un suspiro de resignación. Soltó el paquete de condones y cerró el cajón.

Se desnudó y se tumbó en la cama. Pero el sueño lo esquivaba. No podía dejar de pensar en Jessica. Una cosa le había quedado clara: ella no podía ser un simple lío sin ataduras. Jessica pertenecía a ese tipo de mujeres que exigían, y merecían, alguna clase de compromiso. Pero ¿cómo podía él pensar en términos de compromiso, si no sabía qué le deparaba el futuro? No podía involucrar a nadie en su vida hasta que se deshiciera de su sentimiento de culpabilidad y de sus miedos.

Intentó concentrarse en los planes que tenía para el futuro. Había estado dándole vueltas a una idea que le permitiría hacer algo por la gente. Cuanto más perfilaba su plan, más le gustaba. ¿Había contribuido la presencia de Jessica a concretarlo con mayor claridad? La idea de que ella, de alguna forma, había contribuido a aclarar su mente lo conmovió. Se le relajaron los músculos y se le aquietaron los pensamientos. Pensando en Jessica, se fue sumiendo en un dulce letargo.

De pie, en el porche, Jessica miraba cómo el sol de la mañana se abría paso entre las nubes. Había estado inquieta toda la noche, tratando de encontrar una justificación para lo que había ocurrido. Por muy atractivo que encontrara a Dylan, era consciente de que, de haber permitido que las cosas llegaran más lejos, se habría arrepentido profundamente. No tenía intención de ser otra de sus conquistas fáciles.

Sin embargo, a pesar de su decisión, todavía sentía remordimientos, aunque no sabía exactamente si se debía a lo que había ocurrido o al hecho de haber impedido que ocurriera algo.

–Buenos días.

Jessica se giró al oír la voz de Dylan. El corazón le dio un vuelco cuando lo vio. Parecía descansado, a diferencia de ella. El recuerdo del beso que habían compartido volvió a incendiar los sentidos de Jessica, reviviendo la excitación de la noche anterior.

–Buenos días. Yo... no te he oído abrir la puerta.

–Toma –le tendió una taza de café humeante–. He ido a la cocina y he visto que el café estaba casi listo, así es que he esperado para traerlo.

–Gracias –tomó un sorbo–. ¡Qué bueno!

Jessica sabía que parecía una idiota. Si se le hubiera ocurrido algo inteligente que decir, algo que le hubiera devuelto el control sobre la situación... algo que hiciera comprender a Dylan que sus besos no habían surtido ningún efecto sobre ella... Si pudiera convencerse a sí misma de ello...

Dylan contempló el cielo despejado.

–Parece que ha escampado –miró a Jessica–. Apuesto a que hoy tendremos un día soleado. ¿Tú qué crees?

–Este tiempo puede ser engañoso. Según la radio, se aproxima otra tormenta.

–Jessica... –Dylan se aclaró nerviosamente la garganta para decir lo que le rondaba por la cabeza desde que se había levantado–, sé que todo esto ha sido un poco raro. Empezamos con mal pie, con la confusión sobre quién se quedaría en la cabaña y luego las cosas empeoraron con todos esos pequeños desastres y... –vio la preocupación reflejada en los ojos de Jessica–. Bueno, ¿por qué no nos damos una tregua? ¿Por qué no aprovechamos que ha salido el sol para dar un paseo por el bosque? Salir a tomar el aire y hacer un poco de ejercicio nos sentará bien –esbozó una sonrisa vacilante–. ¿Qué dices? ¿Desayunamos y nos vamos a dar un paseo?

Ella se quedó callada un segundo antes de contestar, aliviada. Dylan había tenido la delicadeza de no mencionar lo que había ocurrido la noche anterior. Ella había temido que estuviera enfadado por su decisión de ponerle fin a aquella situación o, peor aún, que quisiera que volvieran a empezar donde lo habían dejado. Esa idea le provocaba sentimientos encontrados.

–Claro –le devolvió la sonrisa, intentando parecer animosa–. Me parece una buena idea.

Desayunaron rápidamente, se abrigaron, se pusieron las botas de montaña y salieron de la cabaña. El aire helado de la mañana llevaba el olor del bosque después de la lluvia; la luz del sol hacía brillar las agujas todavía mojadas de los abetos y los pinos; el silencio solo era roto por el canto de los pájaros, el ruido ocasional de una piña al caer y el sonido de sus propias pisadas en el sendero. Los dos caminaban enfrascados en sus pensamientos.

Fue Dylan quien finalmente rompió el silencio.

–Hace mucho tiempo desde la última vez que estuve en la Península de Olympic. Había olvidado lo bonita que es... –se detuvo y respiró hondo–. Aire puro y tranquilidad... Es muy relajante.

Jessica también se paró.

–Por eso Justin y yo elegimos este lugar cuando decidimos comprar una cabaña para descansar. Nos enamoramos de esta zona y de la cabaña, aunque nos costó más de lo que pensábamos gastarnos en principio.

–¿Cuándo la comprasteis? Creo recordar que Justin la mencionó por primera vez hace un par de años.

–La compramos hace cuatro. A veces, en invierno, la nieve hace difícil llegar hasta aquí –miró a su alrededor, sonriendo complacida–, pero merece la pena el esfuerzo. Aquí me encuentro más relajada que en ningún otro sitio –cerró los ojos y alzó la cara hacia los rayos del sol que se filtraban entre las ramas de los árboles.

Dylan estudió sus rasgos finamente esculpidos y la forma en que el sol arrancaba destellos a su pelo dorado. Le resultaba difícil de creer que aquella hermosa mujer hubiera sido alguna vez la adolescente que él había conocido. Respiró hondo, intentando contener la opresión que sentía en el pecho.

–¿Vienes aquí a menudo? –era una pregunta absurda, pero necesitaba decir algo para romper la ansiedad que crecía en su interior.

–No tanto como quisiera. Quizás una vez al mes, igual que Justin. Rara vez coinciden nuestras vacaciones, así es que casi nunca venimos juntos.

–¿Alquiláis la cabaña alguna vez?

–No. Queremos tenerla siempre disponible, por si alguno de los dos tiene una cancelación de última hora y puede venir a pasar unos días –le lanzó una mirada de reprobación para probarse a sí misma que podía poner distancia emocional entre ellos dos; siguió caminando por el sendero–. Como cuando mi proyecto en Nueva York fue pospuesto y, en el último momento, decidí venir a la cabaña unos días... pensando que aquí podría descansar.

Él continuó caminando a su lado. Habló quedamente, como si lo hiciera para sí mismo.

–Pero yo he arruinado tus planes y te he estropeado las vacaciones.

Ella se paró y lo miró sorprendida.

–No quería decir eso...

–Claro –sonrió con condescendencia, sin esforzarse por ocultar sus emociones–. No te preocupes, ya me has explicado las normas: no tienes intención de esforzarte con el invitado.

Ella sintió el aguijón de su ácido comentario.

–Eso no es justo. Estás poniendo palabras en mi boca que...

–Tus palabras, no las mías.

Jessica lo miró casi suplicante, deseando que no iniciara una nueva discusión.

–Pero estás tergiversándolas. Yo solo quería decir...

Dylan la besó antes de que pudiera acabar la frase. A Jessica, un ligero escalofrío le erizó la nuca cuando él le acarició el pelo. Ella le rodeó el cuello con los brazos y Dylan la apretó tanto contra sí hasta que, literalmente, la levantó del suelo. Jessica era todo lo que él siempre había deseado, pero no sabía cómo comportarse con ella. Y eso lo asustaba.

Reticente, la liberó de su abrazo, pero siguió

agarrando su mano. Habló con suavidad, tratando de mantener bajo control sus emociones.

–Hace un día demasiado bonito como para que discutamos –con la mano libre, trazó suavemente la línea de los labios de Jessica–. ¿No crees?

–Tienes razón –un escalofrío le recorrió el cuerpo–. Hace un día demasiado bonito.

Dylan mantuvo firmemente agarrada su mano mientras caminaban por el sendero del bosque. Al sentir el calor del contacto de Jessica, la tensión que sentía comenzó a desvanecerse, dando paso a una sensación de bienestar y alegría.

–No me has contado cómo te metiste en el mundo de las relaciones públicas. ¿Eso fue lo que estudiaste en la universidad?

–Sí. Cuando me gradué, soñaba con trabajar en una gran empresa, pero las cosas no salieron como esperaba.

–¿Qué ocurrió?

Ella guardó silencio un momento y frunció el ceño.

–Que me casé, y todo lo que deseaba quedó postergado.

–¿Quieres decir que tu marido no quería que trabajaras? –Dylan intentó reprimir la risa, pero no lo consiguió del todo–. No puedo creerme que dejaras que controlara tu vida de esa forma.

Molesta, Jessica le soltó la mano y lo miró de frente.

–¿Qué quieres decir con eso? ¿Y qué te hace tanta gracia?

Él la miró azorado.

–No quería decir nada. Solo era un comentario.

Al ver la consternación en sus ojos, Jessica se calmó.

–Perdona. Supongo que has tocado mi punto flaco...

–Por lo que me has contado, tu marido no quería tener hijos y tampoco quería que trabajases... Parece que teníais serias dificultades para que lo vuestro funcionara.

–Bueno, digamos que casarme con él fue el mayor error que he cometido. Una de esas cosas que cambiaría, si tuviera la oportunidad –miró a Dylan un momento, pensativa–. ¿Y tú? ¿Cambiarías algo en tu vida si pudieras?

Era una pregunta espinosa y ella lo sabía. Por la forma en que él había ocultado sus motivos para estar en la cabaña, se había convencido de que algo importante lo preocupaba. Había sorprendido de cuando en cuando un destello extraño bajo el encanto suave de Dylan, como la manifestación de un lado vulnerable que él procuraba mantener escondido y que ella deseaba conocer.

Justin siempre le decía que juzgaba demasiado deprisa a la gente y, a veces, con excesiva dureza. Quizá su hermano tuviera razón. Jessica había dado por sentado que Dylan pertenecía al mismo tipo de hombres que su ex marido. Quizá, solo quizá, su mala experiencia en el matrimonio no le dejaba juzgar con imparcialidad a Dylan Russell. ¿O tal vez es que intentaba racionalizar la atracción que sentía por él?

Dylan desvió la mirada y se concentró en el paisaje. ¿Había algo de lo que se arrepintiera? La lista era tan larga que no sabía por donde empezar. Respondió a la pregunta de Jessica con cautela, eligiendo cuidadosamente las palabras.

–Supongo que todo el mundo cambiaría algo si tuviera una segunda oportunidad.

Ella insistió.

–¿Qué acontecimiento de tu vida cambiarías?

–Hay varias cosas –rio nerviosamente, deseando desviar la conversación hacia ella–. ¿Qué me dices de tu matrimonio: volverías a casarte con el mismo hombre, elegirías a otro, o no te casarías? Dijiste que querías tener hijos, así es que supongo que no te quedarías soltera.

Ella frunció el ceño.

–Bueno, creo que no me habría casado sin saber antes qué quería él de nuestra relación y sin dejar claro qué quería yo. Habríamos discutido temas importantes, como los hijos y el trabajo –lo miró un instante antes de continuar–. En resumen, me habría asegurado de que él veía el matrimonio como una relación entre iguales, cada uno con sus propias opiniones e intereses.

Dylan vio el dolor reflejado en los ojos de Jessica y se sintió conmovido. Le agarró la mano, se la besó y se la llevó al pecho. Sus palabras sonaron apenas como un susurro.

–Siento que las cosas no te salieran bien.

En ese momento, se sentía tan cerca de ella que, por primera vez en años, tenía la necesidad de compartir algo profundamente íntimo con alguien. Y deseaba compartirlo con ella. Sintió un nudo en la garganta y un estremecimiento de miedo.

—Yo, una vez, estuve a punto de casarme —rio nerviosamente, en un intento por ocultar su ansiedad—. Me dejaron plantado ante el altar.

Ella se quedó asombrada.

—¿De veras? ¿Alguien te planto a ti? No pensaba que... —un intenso rubor cubrió sus mejillas; miró al suelo y, luego, volvió a levantar la mirada hacia Dylan—. Lo siento. No quería decir lo que parece. Solo es que, bueno, nunca hubiera imaginado que quisieras casarte. Y tampoco puedo imaginar que nadie te deje...

Él respiró hondo.

—Supongo que en el pasado de todos hay cosas que sorprenderían a los demás si las supieran.

—¿Y qué paso, si no te importa que lo pregunte?

—Al parecer, mi novia solo quería utilizarme para darle celos a un tipo casado, muy rico y treinta años mayor que ella, para forzarlo a divorciarse y a casarse con ella. Me engañó completamente con su jueguecito. Insistió en que nos casáramos inmediatamente y yo accedí. No hubo preparativos, solo una ceremonia civil en un juzgado de paz. Fue una decisión precipitada, causada, supuestamente, por el amor —no hizo ningún esfuerzo por esconder el sarcasmo y la amargura—. El otro tipo apareció y le dijo que ella ganaba, que había dejado a su mujer. Esa fue la última vez que la vi.

Jessica extendió la mano y le tocó el brazo.

–Lo siento. No lo sabía. Justin nunca me lo había mencionado.

–No sé si lo sabe. Es algo de lo que no me gusta hablar –para ser más preciso, era algo de lo que nunca había hablado con nadie, como no le había dicho a nadie lo que le había pasado con los Clarkson. Sintió una punzada de desesperación y se sumió en sus pensamientos, momentáneamente ajeno a lo que tenía a su alrededor.

Al ver la expresión de Dylan, Jessica sintió una oleada de tristeza y soledad, como si, súbitamente, hubiera penetrado en las emociones de él. Aquella historia explicaba su actitud cínica hacia el matrimonio. Sintió la imperiosa necesidad de decir algo para que Dylan supiera que comprendía su dolor, aunque en realidad estaba muy lejos de entender la amargura que le había causado saberse utilizado y cómo aquello lo atormentaba todavía.

Jessica aventuró otra pregunta.

–¿Por eso has venido a la cabaña? ¿Para recuperarte después de...?

Su voz devolvió a Dylan al presente. Se le escapó una risa agridulce.

–No. Mi único acercamiento a ese estado antinatural llamado matrimonio ocurrió hace muchos años, justo después de graduarme en la universidad.

–¿Estado antinatural? Veo que no has dejado que tu mala experiencia influya en tu criterio...

Él alzó la cabeza y la miró fijamente.

–¿Y qué me dices de ti? Te divorciaste hace años y, al parecer, has elegido volcarte en el trabajo, aunque has dicho que querías tener hijos.

–Bueno –Jessica se puso a la defensiva–, eso es completamente distinto. Yo he estado labrándome una carrera. No he tenido tiempo para pensar en... –sus palabras se interrumpieron al ver una expresión divertida en los ojos de Dylan. De pronto, se sintió contenta porque él hubiera salido de su momentáneo ensimismamiento.

–¿Completamente distinto? Supongo que puedes racionalizarlo así, si quieres –la agarró de la mano y echó a andar de nuevo.

Ella agradeció el calor de su contacto. Dylan le había mostrado un fondo que nunca hubiera creído que poseía. Había mucho más en él de lo que ella había imaginado. Y quería conocerlo. Pero ¿estaba otra vez cayendo bajo los encantos de un embaucador?

Capítulo Seis

Jessica quería continuar la conversación, aunque estaba dividida entre el deseo de saberlo todo acerca de Dylan y el temor de conocerlo mejor.

–¿Así fue como... eh... te convertiste en un especulador?

Él se detuvo bruscamente, le soltó la mano y la miró de frente.

–¿Un especulador?

Jessica vio una extraña mezcla de asombro y tristeza en su expresión, y se arrepintió de haber elegido tan mal las palabras.

–Me refiero a tus negocios. Justin siempre los llama «especulaciones de alto nivel». Pensaba que...

Dylan dejó escapar un suspiro de resignación.

–Tienes una idea equivocada de mí. Justin lo dice en broma.

Ella respondió, avergonzada:

–Creo que meto la pata cada vez que abro la boca... Supongo que es solo que... bueno... –al encontrar los ojos de Dylan fijos en los suyos, se le aceleró el corazón–, para mí tú siempre has sido un misterio... un aventurero, un trotamundos cuya vida parecía excéntrica comparada con la mía. Y Justin siempre está contando historias sobre tus aventuras. Yo pensaba que eran ciertas. Y, en fin, nunca me he hecho una idea muy clara de ti.

Dylan soltó una risa amarga. ¿A eso se había reducido su vida, a sospechas sobre su honestidad?

–Entonces, creo que debo aclararte algunas cosas. ¿Te importa que caminemos mientras hablamos? Tengo un exceso de energía que necesito liberar –echó a andar de nuevo sin esperar la respuesta de Jessica, que enseguida lo alcanzó. Metió las manos en los bolsillos de la chaqueta y frunció el ceño–. Supongo que debo empezar por la universidad. Estudié económicas y, después de graduarme, empecé a trabajar en un prestigiosa firma de agentes de bolsa. Poco más o menos tres meses después me dejó mi novia, y dos semanas después murió mi madre. Yo intenté acostumbrarme a las exigencias de mi trabajo, pero cada día me resultaba más difícil. Me sentía inquieto y no aguantaba la rígida atmósfera y las estrictas normas de la empresa. Y, por fin, me despedí. Entonces se me presentó la oportunidad de hacer mi primer gran negocio y sentí una inyección de adrenalina. Había encontrado mi vocación. Todo sucedió muy deprisa a partir de entonces: viajes por todo el mundo, una vida de lujos y mucho glamour... Yo creía que lo tenía todo –sintió una nueva punzada de melancolía–. Luego, hace unos meses, me ocurrió algo... y todo se me vino abajo. Entonces decidí buscar un sitio donde poder pensar qué iba a hacer con mi vida. Y acabé aquí.

–Así que, ¿por eso estás aquí? ¿Para hacer planes de futuro?

–Algo así. También tengo... eh... algunos problemas personales que resolver... algo relacionado con mi último negocio.

–¿Qué pasó?

Él meneó la cabeza, no sabiendo qué responder a su pregunta.

–Uno de mis proyectos salió mal. Yo nunca he estado implicado en negocios turbios ni he estafado a nadie. Nunca he participado a sabiendas en nada ilegal. Mis negocios eran operaciones de capital de alto riesgo. Con un poco de suerte, daban grandes ganancias. Siempre explicaba con sumo cuidado a los posibles inversores los riesgos de la operación –reflexionó un momento–. Pero creía que solo trabajaba con gente que podía asumir esos riesgos si las cosas no salían bien –continuó caminando–. Desde luego, hay muchos estafadores en ese tipo de negocios. Yo sé cómo actúan, pero nunca he sido uno de ellos –volvió a recordar a Stanley y Rose Clarkson y su voz se redujo a un murmullo apenas audible–. Por supuesto, algunas veces las cosas salen mal... Un negocio puede deshincharse y todo el mundo pierde dinero, sin que necesariamente sea culpa de nadie.

–¿Eso fue lo que pasó? ¿Perdiste todo tu dinero?

–¿Yo? No, yo no perdí dinero. Si hubiera sido

solo eso, no me habría importado –suspiró, con un nudo en la garganta. No podía decir nada más. No estaba preparado para hablarle de los Clarkson. Ya había revelado más de lo que pretendía.

Siguieron caminando en silencio. Dylan pensaba en su plan. La idea a la que le había estado dando vueltas la noche anterior iba concretándose en su cabeza. Lo que dos días antes era un completo caos, se había convertido en un plan bien perfilado. Parecía como si hablar de lo que le ocurría lo ayudara a aclarar sus ideas. Y solo se había sentido capaz de hablar con Jessica.

Ella volvió a captar su atención cuando lo agarró del brazo. A Dylan le gustó ese gesto de intimidad. Durante tres meses había estado debatiéndose con el problema de qué hacer con su vida. Había sido una etapa de confusión y de brutal introspección en la que se había cuestionado quién era y en qué se había convertido. Pero, menos de cuarenta y ocho horas después de descubrir a Jessica McGuire en su cama, había logrado poner orden en la confusión y perfilar una plan practicable.

¿Podía ser ella la causa? No estaba seguro, pero, si era así, ello significaba que estaba empezando a sentir algo por ella, a pesar de que se había jurado a sí mismo que eso nunca le volvería a suceder. Un escalofrío le recorrió la espalda.

Nunca se había detenido a analizar sus sentimientos; solo analizaba con detenimiento los negocios que tenía entre manos. Sintió una nueva punzada de preocupación. Sin duda, Jessica era de esas mujeres que hacían pensar y anhelar cosas mejores.

Caminaron en silencio durante un rato. Después la conversación volvió a recaer en temas intrascendentes: el paisaje, el tiempo, películas, libros... asuntos convencionales que no requerían adentrarse en territorios dolorosos o confrontar miedos soterrados. Se sentían a gusto con las manos unidas, charlando de sus gustos y manías, sus comidas favoritas y, en general, conociéndose un poco mejor.

Dylan entrelazó sus dedos con los de Jessica. Le gustaba sentir su contacto. Su presencia ejercía un efecto calmante sobre la incertidumbre que lo había atormentado en los últimos meses. Le infundía ánimos y, al mismo tiempo, una irresistible necesidad de merecer su aprobación. Nunca antes lo había preocupado buscar la aprobación de nadie. Siempre había sabido quién era, qué hacía y hacia dónde iba... hasta hacía tres meses.

Se detuvo, estrechó a Jessica en sus brazos y capturó su boca en un beso que surgió en parte del deseo físico y, en parte, de una profunda emoción. Deseaba conocerla más de lo que nunca había deseado conocer a nadie.

Jessica subió los escalones del porche y se dejó caer sobre el banco que había junto a la puerta.

—Estoy hambrienta. Creo que podría comerme

todas nuestras provisiones –se quitó una bota embarrada. Dylan se rio espontáneamente.

–Si te lo comes todo, no quedará nada para mí, ¿no? –se arrodilló frente a ella y le ayudó a quitarse la otra bota.

El largo paseo había sido un intervalo de calma y despreocupación en el que habían compartido sus sentimientos e, incluso, se habían atrevido a mostrar tímidamente sus miedos ocultos. Había sido una experiencia estimulante que los había acercado el uno al otro. Habían caminado unidos de la mano y los primeros besos inocentes habían acabado siendo apasionados. Entre ellos existía una química que no podían negar. Y todavía tenían por delante toda la tarde y la noche.

Jessica se apoyó contra la pared, cerró los ojos y esbozó una leve sonrisa.

–Hemos caminado durante horas. Nos vendrá bien sentarnos un rato.

Dylan la observó un momento. Los delicados rasgos de Jessica ofuscaban sus sentidos y su boca apetitosa excitaba su deseo. Se inclinó hacia ella y la besó suavemente, confiando en que ello satisfaría la necesidad urgente que sentía de estrecharla entre sus brazos y de llevarla al piso de arriba. Pero el beso solo contribuyó a excitar más su deseo. Tirándole despacio de la mano, hizo que Jessica se levantara del banco. Un instante después, la abrazó y la besó apasionadamente.

Cuando sintió los labios de Dylan, Jessica solo pudo pensar en lo mucho que deseaba formar parte de su vida. Una vez más, encontrarse entre sus brazos la transportó más allá de sus miedos y preocupaciones. Dylan despertaba en ella sensaciones que superaban el deseo sexual. Extrañamente, también le hacía sentirse segura y protegida. Aquello no era lógico, ni tenía sentido, pero era lo que sentía.

Jessica se apartó un poco y lo miró a los ojos, viendo reflejadas en ellos las mismas emociones que la sacudían... Una oleada de deseo la inundó. Dio unos pasos hacia atrás, en un intento por escapar a la fuerza magnética que Dylan ejercía sobre ella.

—Creo que... será mejor que vaya a ver qué podemos comer... —miró su reloj—. Ya es demasiado tarde para comer, pero también un poco pronto para cenar.

Él la tomó de la mano.

—Yo también estoy hambriento.

Por su mirada, Jessica comprendió que no era solo de comida de lo que tenía hambre, y sintió un estremecimiento recorrerle la espina dorsal. ¿Un presagio de lo que la noche les deparaba? Su grado de excitación crecía a cada momento, solo atemperado por la precaución.

Jessica se pasó la mano por la nuca para detener su escalofrío y se apartó de él.

—Solo hay comida envasada. ¿Prefieres sopa de verduras o estofado de ternera?

Dylan respiró hondo, intentando enfriar su deseo. Sostuvo la puerta para que pasara Jessica y sonrió.

—Prefiero que decidas tú.

Fueron directamente a la cocina. Jessica abrió un armario y echó un vistazo.

–Hay algo de pasta que podríamos hacer con salsa carbonara, y también hay una lata de magro de cerdo con judías verdes y patatas, y otra de pollo con arroz y zanahorias. Es increíble las cosas que se pueden comprar envasadas. Y saben bien.

Él la abrazó.

–Tú también sabes muy bien –la besó en la oreja y luego en los labios.

Fue un beso breve, pero cargado de promesas. Dylan se quedó mirando sus labios y después la miró a los ojos. Por fin, se apartó de ella y respiró hondo, sintiendo de nuevo aquella opresión en el pecho. Aunque habían pasado un tarde tranquila y despreocupada, todavía recordaba los comentarios de Jessica acerca de sus «negocios».

La besó ligeramente en los labios.

–Intento que cambie tu primera impresión de mí.

–¿Mi primera impresión? –ella sonrió, burlona–. ¿Te refieres a la que me diste cuando tenía quince años?

Él la miró divertido.

–¿Quince? Bueno, creo que los dos hemos cambiado mucho desde entonces.

La idea preconcebida que tenía sobre Dylan había cambiado drásticamente en las últimas horas. Durante el paseo, se había dado cuenta de que él tenía mucho más fondo de lo que había creído. Sí, su idea original había cambiado, pero ¿qué sentía ahora hacia él? Se había enterado de muchas cosas que antes ignoraba sobre él, pero eso le hacía sospechar que desconocía muchas más.

Y ella deseaba descubrirlas.

Dylan miró hacia la chimenea.

—Queda poca madera partida. Encenderé el fuego y luego cortaré unos troncos.

—Yo, mientras tanto, prepararé algo de comer.

Él la tomó de la mano y se la apretó. Luego, salió al porche para buscar madera. En cuanto hubo encendido el fuego, agarró el hacha y salió de nuevo al porche.

Unos minutos después, atraída por el ruido de los hachazos, Jessica se acercó a la ventana. Observó a Dylan mientras trabajaba. Se había quitado el jersey, quedándose en camiseta. Jessica lo miró mientras iba separando los troncos más grandes y partiéndolos en dos mitades que luego volvía a partir en fragmentos más pequeños.

La camiseta le marcaba los brazos musculosos y la espalda ancha. Al despertar aquella primera mañana, Jessica había visto sus hombros y su torso, pero no se dio cuenta de lo fuerte que era Dylan hasta que vio cómo partía los troncos de un solo hachazo.

Una vez más, él la había sorprendido. Partir leña no era el tipo de actividad que ella habría asociado con Dylan, o con la clase de hombre que creía que era.

Jessica salió al porche cuando él partió el último trozo de madera, y señaló el montón de leña.

–Debo decir que estoy impresionada. Parece que tienes experiencia partiendo leña.

Él sonrió.

–Te dije que cambiaría tu impresión de mí, y esto solo es el principio –agarró el jersey que había dejado en la barandilla del porche y escoltó a Jessica dentro de la cabaña–. Se me ha abierto el apetito con tanto ejercicio. ¿Qué hay para comer?

Comieron rápidamente y se sentaron sobre los cojines, frente al fuego, con sendas copas de vino. Hablaron tranquilamente mientras bebían y disfrutaban del calor de la hoguera. La conversación recayó finalmente en los planes de Dylan para el futuro.

Aunque tenía muchas dudas, Dylan deseaba compartir su idea con ella. Quería saber qué pensaba de su proyecto. Carraspeó, nervioso.

–¿Te importa si te cuento una idea que se me ha ocurrido? –la atrajo hacia sí y se reclinó en los cojines.

–Claro que no –ella se acomodó en sus brazos.

Él guardó silencio un momento para ordenar sus pensamientos.

–Como te he dicho, he venido a la cabaña para pensar en la nueva dirección que le quiero dar a mi vida. Y esto es lo que se me ha ocurrido –sintió un estremecimiento de ansiedad; respiró hondo y continuó–: quiero crear un servicio de información para personas que hayan sido víctimas de fraudes financieros. Todavía no he pensado todos los detalles, pero casi lo tengo todo planeado. Lo concibo como una especie de seminario donde la gente aprenda a reconstruir sus ahorros y a manejar su dinero. También incluiría información sobre cómo reconocer las estafas y los fraudes. El seminario podría ser presentado por la cámara de comercio local, por alguna organización ciudadana o por una escuela para adultos. Hay varias posibilidades. Sería una actividad no lucrativa. El precio sería mínimo, y solo para cubrir los gastos de la organización que lo acogiera, como el alquiler de un local, por ejemplo –sintió una punzada de ansiedad y buscó los ojos de Jessica, intentando atisbar sus pensamientos; una vez más, se sorprendía buscando su aprobación–. Bueno, ¿qué te parece?

Ella observó la mirada expectante de Dylan y la incertidumbre que velaba su mirada, y, de pronto, se sintió orgullosa de él.

–Me parece maravilloso. Estoy muy impresionada.

Él dejó escapar un suspiro de alivio y la apretó contra sí.

–Yo... bueno... estoy un poco nervioso. Un proyecto como este requiere que me comprometa a largo plazo, y eso me preocupa. Debo estar seguro de que es lo mejor. No quiero empezar algo que involucre a más gente y luego darme cuenta de que no estaba preparado para ello. Debo considerar las consecuencias de mis acciones y el impacto que producen en los demás.

Acababa de compartir con Jessica algo que nunca le había mencionado a nadie, que ni siquiera se había formulado a sí mismo de manera explícita; le había hablado de cuánto le preocupaban las consecuencias de sus acciones, y no le había resultado fácil. Pero el recuerdo de los Clarkson fortalecía su resolución de seguir adelante con su plan.

Hundió los dedos en el pelo de Jessica. Allí, tumbado frente a la chimenea con Jessica en sus brazos, sentía una alegría que no había experimentado en muchos años. Ella era la mujer más extraordinaria que había conocido nunca. Una mujer que había tocado el fondo de su alma como nadie lo había hecho.

Pero, súbitamente, volvió a sentir miedo. Embarcarse en el seminario era ya un gran compromiso para él. ¿Podría al mismo tiempo embarcarse en una aventura sentimental? ¿Tenía suficiente valor? No lo sabía. Su acostumbrada confianza lo había abandonado y se sentía inseguro y desconcertado.

Trató de alejar esos incómodos pensamientos. No quería enfrentarse a los problemas; esa noche, solo quería estar con Jessica y disfrutar mientras estuvieran juntos. Se inclinó sobre ella y ambos se tumbaron sobre los cojines. Dylan atrapó su boca, dando rienda suelta a la pasión que ardía dentro de él. Le acarició los hombres, el vientre y, luego, la curva de las caderas.

Jessica nunca se había sentido tan cerca de un hombre como se sentía de Dylan en ese instante. Sabía que, finalmente, había logrado penetrar el caparazón del seductor trotamundos para encontrar su auténtica esencia. Él era mucho más que el superficial embaucador que ella siempre le había creído.

La caricia de Dylan provocó en Jessica una reacción en cadena. Una punzada de excitación le atravesó el cuerpo con una intensidad que la asustó. Pero todos sus pensamientos se evaporaron cuando Dylan comenzó a lamerle el labio inferior, antes de hundir su lengua dentro de su boca.

Jessica se apretó contra él mientras le acariciaba la espalda por debajo del jersey. Ya no tenía dudas de que acabarían haciendo el amor esa noche, aunque sabía que, posiblemente, era lo peor que podía hacer. Pero solo el pensar en ello la excitaba. Al mismo tiempo, sentía la lengua de Dylan jugando con la suya. Su respiración se agitaba a medida que su excitación crecía.

Dylan le lamió las comisuras de los labios y luego las mejillas y el cuello. Todo pensamiento lógico lo abandonó. Cualquier intención honorable que hubiera albergado hasta entonces, se desvaneció.

Le subió el jersey y diestramente le desabrochó el sujetador. En la palma de la mano sintió el pezón erecto de uno de sus pechos. Se metió el otro pezón en la boca y acarició con la lengua la textura rugosa de su punta. Jessica exhaló un gemido de puro placer y Dylan se sintió atravesado por una oleada de excitación.

Pero, al mismo tiempo, sintió una punzada

de ansiedad y dejó de besarla. No había estado tan nervioso desde sus días en la universidad. No sabía nada sobre Jessica: si la defraudaría, lo que ella necesitaba, si sería capaz de satisfacerla... Volvió a buscar su boca con renovado ímpetu, en un intento por alejar sus dudas. Ella le arañó suavemente la espalda, excitándolo aún más.

Dylan intentó quitarle el jersey, pero solo consiguió que se quedara enganchado en los corchetes del sujetador. Los dos intentaron deshacer aquel lío, pero las prendas se enredaron todavía más.

–¡Maldita sea! –Dylan respiró hondo, intentando calmar su frustración. La situación era más bien cómica. ¿Acabaría así la noche?

Jessica también suspiró y cerró los ojos, frustrada.

–Jessica –su voz ronca traslucía su total falta de control.

Sentía a Jessica temblar entre sus brazos; sujetó su cara entre las manos y la miró detenidamente: sus labios temblorosos, el ligero rubor de sus mejillas, la pasión que brillaba en sus ojos... Dylan nunca se había sentido tan torpe como en los últimos minutos. La deseaba. Quería conocer cada centímetro de su cuerpo y cada rincón de su alma. Nuevamente, la besó.

–Jessica... Deseo hacerte el amor, pero quiero hacerlo bien, no así, como dos adolescentes en el asiento trasero de un coche –se levantó y le tendió la mano–. ¿Vienes arriba conmigo? –se sentía como si se estuviera jugando algo muy importante. Jessica no era una mujer cualquiera, un lío de una noche.

Ella se sentía dividida entre ideas y sentimientos contradictorios. La mujer embrujada por el encanto de Dylan, que se encendía con sus besos y caricias, deseaba ir con él, sin hacer preguntas ni exigir promesas. Pero la mujer sensible, cerebral y realista sopesaba los riesgos de entregarse a sus deseos. Entonces miró a Dylan a los ojos y vio en ellos sinceridad y angustia. Lo agarró de la mano y se levantó. ¿Acabaría arrepintiéndose de su decisión? Posiblemente sí, pero en ese instante nada le importaba, salvo estar con Dylan Russell.

Él alcanzó una de las lámparas de aceite y la condujo de la mano escaleras arriba. Jessica se detuvo junto a la puerta de su habitación y señaló hacia el otro dormitorio.

–Creo que Justin tiene... eh...

–Lo sé. Los vi anoche, cuando buscaba algo que leer –le apretó la mano y se inclinó para besarla suavemente–. Vuelvo enseguida.

Capítulo Siete

Jessica desenganchó el sujetador y el jersey y los colocó sobre una silla junto a la cama. Se desabrochó los vaqueros y se disponía a quitárselos cuando la luz de la lámpara de petróleo cortó la penumbra de la habitación. Al darse la vuelta, se le aceleró el corazón: Dylan solo llevaba puesto un slip. La suave iluminación acentuaba los rasgos de su cara, los duros contornos de su torso y sus piernas largas y musculosas.

Dylan dejó la lámpara sobre la mesilla de noche, junto con los condones que había tomado del cuarto de Justin, y bajó la llama hasta reducirla a un tenue resplandor. Aunque estaban casi a oscuras, Jessica podía ver la pasión que había en la mirada de Dylan. Este le puso las manos sobre los hombros y comenzó a acariciarle suavemente los brazos.

—¿Estás segura de que quieres hacer esto, Jessica? —preguntó—. No quiero que te sientas presionada.

—Estoy completamente segura —en realidad, nunca había estado tan segura de nada en toda su vida.

Las manos de Dylan recorrieron sus costados, deteniéndose bajos sus senos. Su caricia despertó en Jessica ligeros espasmos de excitación; un ardor irreprimible se apoderó de sus sentidos.

Dylan se sentó en el borde de la cama y recorrió lentamente el cuerpo de Jessica con la mirada: el brillo de sus ojos, sus labios entreabiertos, la firme turgencia de sus pechos... Un leve gemido se le escapó cuando comenzó a besarle los pezones erectos.

–Eres absolutamente exquisita.

Recorrió con la lengua la garganta de Jessica hasta alcanzar el valle entre sus senos mientras, al mismo tiempo, le bajaba los vaqueros. Jessica acabó de quitárselos y los retiró con el pie. Dylan se metió uno de sus pezones en la boca y empezó a lamerlo suavemente. Al mismo tiempo, sus dedos recorrían la espalda de Jessica, bajando cada vez más hasta que, por fin, se introdujeron bajo las bragas y apretaron la redondez de las nalgas. La besó suavemente entre los pechos y volvió a chuparle los pezones, saboreando con la lengua su textura. Jessica le rodeó el cuello con los brazos y le hundió los dedos en el pelo, gimiendo de placer.

Dylan se tendió de espaldas en la cama e hizo que Jessica se tumbara sobre él. Una vez más pasó la lengua por el labio inferior de Jessica y, luego, se la hundió en la boca. Ella dejó escapar un gemido de gozo. Todo su cuerpo vibraba de excitación, respondiendo sin reservas a las sensaciones que Dylan le producía.

Jessica le bajó el slip, ansiosa porque se lo quitara. Nunca había sido tan agresiva, sobre todo con un hombre que seguía siendo un desconocido en muchos aspectos. Él se arqueó un poco y se quitó el slip, deshaciéndose así de la última barrera física que los separaba. El deseo que ambos sentían llenaba la habitación de energía erótica. Tenían toda la noche por delante para dar rienda suelta sus deseos, aunque los dos parecían consumidos por una urgencia desenfrenada.

Dylan volvió a atrapar la boca de Jessica y la besó con ansia; le acarició los costados y fue bajando la mano hasta alcanzar la parte interior de sus muslos. Cada caricia enervaba aún su ya sobreexcitado deseo. Acarició suavemente el interior de sus muslos y luego sus dedos penetraron en la húmeda calidez de su entrepierna.

Jessica se sintió atravesada por una ola de placer. Arqueó las caderas para facilitar la caricia de Dylan, sintiendo al mismo tiempo un goce tan intenso que se olvidó de todo. Le acarició a Dylan los muslos y comenzó a sacudir su miembro endurecido. Dylan dejó escapar un gemido y su respiración entrecortada se convirtió en un puro jadeo.

Dylan deseaba dilatar cada sensación, mientras Jessica sacudía suave pero insistentemente su virilidad, aunque sabía que no podría controlarse por más tiempo. Nadie lo había excitado nunca hasta ese punto. Estiró un brazo y agarró un condón que rápidamente se puso.

Después tendió a Jessica de espaldas y se colocó sobre ella. Al presionar suavemente su sexo, se estremeció, atravesado por una punzada de pánico. Nunca había tenido tantas dudas; la magnitud de lo que iba a ocurrir lo perturbaba. Volvió a buscar la boca de Jessica, deseando al mismo tiempo alejar sus temores y gustar de nuevo su sabor.

Dio un primer embate que completó la unión física entre ellos. En cuanto los pliegues del sexo de Jessica envolvieron su miembro, Dylan comprendió que algo decisivo había ocurrido. Algo que no podía definir y que lo asustaba tanto como lo excitaba. Imprimiendo un suave ritmo a sus acometidas, se perdió inmediatamente en el puro placer físico del acoplamiento.

Jessica se arqueó para facilitar sus embestidas. Se movieron en sincronía, sintiendo un placer mayor con cada acometida, hasta que las convulsiones de Jessica acabaron en un estallido de éxtasis que la hizo reclinar la cabeza sobre la almohada, separando su boca jadeante de la de Dylan. Una oleada de placer la atravesó, y apretó con brazos y piernas el cuerpo de Dylan.

Este había alcanzado el límite de su resistencia cuando sintió el éxtasis de Jessica y, dando una última embestida, se convulsionó en espasmos que sacudieron todo su ser. Estrechó a Jessica fuertemente entre sus brazos y hundió la cara en su pelo, intentando no verbalizar sus pensamientos. No quería expresar los profundos sentimientos que Jessica McGuire había despertado en él.

Jadeante por los últimos estertores del placer, Dylan apartó un mechón de la mejillas sudorosas de Jessica y la besó. Siguió abrazándola, mientras su respiración recuperaba su ritmo normal. Nunca nada lo había impactado tanto como hacer el amor con Jessica. Su anterior punzada de ansiedad se había convertido en puro temor. Cerró los ojos y trató de calmarse.

Jessica se apretó contra él. Nunca había experimentado nada parecido. Dylan Russell provocaba en ella sensaciones que la asustaban. Y, entre ellas, estaba la palabra «amor». No estaba segura de cuándo había aparecido, ni sabía qué hacer respecto a ella, pero no podía negar su existencia.

Sabía que Dylan era la última persona por la que debía albergar esos pensamientos, pero no podía obviarlos. ¿Podía atreverse a pensar que tal vez ella lograra disipar la desconfianza de Dylan hacia las relaciones estables, que quizá fuera ella la única mujer capaz de conquistar su corazón y conservarlo? Las dudas y los recelos comenzaron a enfriar su gozo. Decidió no pensar en nada, salvo en el presente: en el calor, la seguridad y la protección que sentía en brazos de Dylan, mientras él le acariciaba suavemente el pelo. Cerró los ojos y dejó que las caricias de Dylan la adormecieran.

A Dylan, nunca nada lo había afectado tanto como hacer el amor con ella. Jessica había puesto su mundo del revés. Las fuertes emociones que estaba experimentando no se parecían a nada que hubiera vivido antes, ni siquiera al amor que creía haber sentido por su antigua novia. ¿Podía atreverse a pensar en la posibilidad de que aquello fuera el principio del verdadero amor? Las implicaciones de esa idea lo asustaron.

Desde el día en que había sido abandonado ante el altar, albergaba un miedo que todavía lo angustiaba. A aquel miedo se había añadido, además, el golpe de ver cómo su vida se deshacía ante sus ojos. ¿Cuántos cambios más podría soportar? Y, lo que era más importante, ¿cómo podía esperar que alguien quisiera compartir su vida cuando su futuro era tan incierto?

Besó a Jessica en la frente y se estiró en la cama. Cerró los ojos y trató de apartar de su mente aquellos temores. En ese momento se sentía más preocupado por su futuro que cuando había llegado a la cabaña. Pero sus preocupaciones giraban en torno a Jessica McGuire y al papel que ella desempeñaría en su vida. Por fin, se sumió en un sueño agitado.

Dylan contempló a Jessica dormida. La luz de la mañana que se filtraba por las ventanas caía sobre ella, acentuando los delicados rasgos de su cara y las turgencias de su cuerpo.

Volvió a sentir una opresión en el pecho. Nunca había visto una mujer tan bella y deseable. Con un ligero estremecimiento de temor, se dio cuenta de que lo que sentía iba mucho más allá de simple deseo físico.

Miró hacia la mesilla de noche, donde había tres envoltorios de condones vacíos. Aquella noche habían hecho el amor dos veces más y cada una ellas había sido más excitante que la anterior. Dylan estaba asustado por el cariz que estaban tomando sus sentimientos hacia Jessica. Ella había llenado un vacío dentro de él.

La besó suavemente en la mejilla y se le escapó un involuntario suspiro de placer, al que siguió una punzada de preocupación. Estrechó a Jessica entre sus brazos y se apretó contra ella, con cuidado de no despertarla. El contacto de su piel tersa despertó nuevamente sus deseos. La noche de pasión que habían pasado lo había convencido de que nunca se saciaría de ella, de que siempre querría más. Jessica era como una sustancia intoxicante y muy adictiva.

Un escalofrío de ansiedad interrumpió sus reflexiones. No había pensado en lo que Jessica esperaba de él. ¿Le exigiría un compromiso para el futuro? Con las mujeres con las que había estado antes, nunca había asumido compromisos ni promesas. Pero con Jessica no sabía a qué atenerse. Y, por otra parte, tampoco estaba seguro de qué quería él mismo. En cambio, sabía lo que no quería: no quería que sus vidas tomaran caminos diferentes.

Jessica se desperezó, estirando brazos y piernas y arqueando la espalda. Dylan sintió despertarse de nuevo su deseo y olvidó momentáneamente sus cavilaciones. Tiró de Jessica para ponerla sobre él y comenzó a acariciarle los glúteos con la punta de los dedos, al tiempo que presionaba su pelvis contra la de ella. Jessica gimió suavemente y esbozó una sonrisa. Dylan le lamió con ternura el lóbulo de la oreja y, luego, las comisuras de los labios.

–Buenos días –la besó suavemente en la boca–. ¿Has dormido bien? –le acarició la cara interior de los muslos, sonriendo–. ¿Has descansado?

–Mmm... –Jessica movió las caderas para hacerle notar que era plenamente consciente de su erección–. Esa es una pregunta con segunda intención.

Él le susurró al oído:

–Si mis aviesas intenciones te disgustan... –le apretó las nalgas redondas y presionó fuerte sus caderas contra las de ella, mientras le daba un beso rápido pero intenso en la boca.

–No creo que haya nada tuyo que me disguste –sintió un estremecimiento de deseo; la idea de volver a hacer el amor la seducía, pero, al mismo tiempo, pensaba que había cosas urgentes que hacer–. ¿No crees que deberíamos pensar en salir de la cama?

Él la rodeó con sus brazos y le acarició los hombros y la espalda.

–No. A mí me encantaría quedarme todo el día aquí –se puso serio–. Siempre que tú quieras quedarte conmigo.

–Es una oferta muy tentadora –ella respiró hondo, intentando aplacar sus deseos–, pero creo que será mejor que veamos qué tal tiempo hace y que vayamos a comprar algo de comida.

Dylan la besó tiernamente en los labios.

–Supongo que tienes razón.

Se apresuraron a ducharse y a vestirse. Dylan

hizo el café mientras Jessica sacaba lo poco que les quedaba para desayunar. Las noticias de la radio anunciaron que el puente estaba otra vez abierto. Ambos se quedaron callados. Ya no estaban atrapados, cualquiera de ellos podía marcharse. Pero, como si se hubiesen puesto de acuerdo de antemano, ninguno habló de esa posibilidad. Dieron buena cuenta del desayuno y se fueron en el coche de Jessica al mercado. A media mañana estaban de regreso.

Dylan tomó de la mano a Jessica.

—¿Qué te parece si damos un paseo por el bosque?

—Me parece una idea excelente.

Caminaron por el sendero agarrados de la mano, sintiéndose felices por el silencio y por estar juntos. Jessica dejó vagar sus pensamientos, preguntándose cómo sería vivir con Dylan Russell: levantarse cada mañana con él a su lado y acostarse cada noche entre sus brazos... Lo que sentía por él era más que atracción física. Comenzaba a creer que se trataba de verdadero amor.

Sonrió al pensar en la reacción de Justin cuando descubriera que su provisión de condones había disminuido considerablemente. Iba a decírselo a Dylan, pero se detuvo al ver su expresión pensativa. Se inquietó. ¿Aquella expresión se debía a ella? Sintió temor. ¿Había caído en una trampa de la que no había escapatoria? ¿Se había enamorado de un hombre que acabaría rompiéndole el corazón? Trató de no pensar en ello y de recuperar el placer que había sentido esa mañana al despertar. Apretó la mano de Dylan para llamar su atención.

–Pareces preocupado. ¿Hay algo de lo que quieras hablar?

Él se detuvo y la miró un momento, sin saber exactamente qué responder a su pregunta. Se inclinó y la besó suavemente en los labios. Sus palabras fueron vacilantes al principio.

–Sí, creo que hay algo que me gustaría compartir contigo.

Se sentó sobre una roca, dejando sitio para que Jessica se sentara a su lado. La rodeó con sus brazos y ella se reclinó contra su pecho. Dylan respiró hondo para calmar la ansiedad creciente que sentía. Había creído que nunca sería capaz de contarle aquello a nadie, pero quería que Jessica supiera lo que le había pasado. Quería que ella conociera la historia de Stanley y Rose Clarkson.

–Es algo de lo que me resulta muy difícil hablar, así es que ten paciencia conmigo –apoyó la barbilla sobre la cabeza de Jessica–. Todo comenzó hace alrededor de un año. Yo estaba en Londres. Acababa de cerrar un negocio muy importante y estaba celebrándolo con el grupo de inversores. Estábamos cenando y bebiendo champán cuando entró una pareja en el restaurante. Uno de los que estaban en la mesa los conocía y los llamó. Me presentó a Rose y Stanley Clarkson. Tenían poco más de sesenta años y eran de Florida. Él estaba prejubilado y había hecho algún dinero con la venta de bienes raíces. Estaban pasando una larga temporada en

Londres, adonde habían ido, en principio, para celebrar su cuarenta aniversario de boda. Se unieron a nosotros y pronto trabamos amistad. Habían arrendado un apartamento y nuestra relación se hizo cada vez más profunda. Yo me hospedaba en su casa cada vez que iba a Londres. Llegaron a ser como unos padres para mí. En su casa encontraba una atmósfera agradable donde podía relajarme y ser yo mismo, lo que no había podido hacer en mucho tiempo –hizo una pausa. Sentía un nudo en la garganta. Besó ligeramente a Jessica en la mejilla y ella le agarró la mano y se la llevó al pecho. Dylan sintió una sutil calidez que lo reconfortó–. Yo siempre había tenido como norma hacer negocios únicamente con gente que pudiera afrontar los riesgos económicos. Cuando te dedicas a las inversiones de alto riesgo, siempre hay una posibilidad de que las cosas salgan mal. También tenía como norma no hacer negocios con amigos, salvo en algunas raras excepciones, cuando sabía que se trataba de personas que sabían separar lo personal de lo financiero. Yo no sabía cuál era la situación económica de los Clarkson, fuera del hecho de que podían mantener un apartamento en Londres y una casa en Florida. Stanley me había comentado en algunas ocasión que tenía algún dinero que quería invertir, si yo tenía algo interesante. Entonces, casi por casualidad, supe de un negocio que parecía perfecto para ellos. Les hablé del asunto, asegurándome de que ambos comprendían los riesgos que implicaba. Por entonces conocía a los

Clarkson desde hacía unos seis meses, pero nos habíamos hecho muy amigos. Sin embargo, cuando me dieron el cheque, tuve un extraño presentimiento, casi como una voz que me decía que no lo aceptara. Estuve a punto de arrepentirme en el último minuto —dejó escapar un suspiro de resignación—. Ojalá lo hubiera hecho, porque, unas semanas después, el negocio se hundió. No fue culpa de nadie. Fue una de esas cosas que suceden a menudo en los negocios de alto riesgo y que todo el mundo acepta. Pero esta vez para mí era diferente, porque tenía una relación personal con uno de los inversores.

Se levantó, en un intento por calmar su desasosiego, y agarró a Jessica de la mano. Echaron a andar otra vez. Ella lo miró inquisitivamente.

—¿Te encuentras bien? —le apretó la mano—. Estás muy tenso.

—Sí, estoy bien. Es solo que nunca le había contado esto a nadie y... en fin, me resulta un poco difícil hacerlo —sintió una cálida sensación de intimidad cuando Jessica reclinó la cabeza sobre su hombro mientras caminaban por el sendero—. Al mantener las distancias con la gente con la que hacía negocios, yo había desarrollado una especie de inmunidad contra las repercusiones personales que provocaba una operación fallida. En las pocas ocasiones en que eso ocurría, les decía sencillamente a los inversores que el negocio había fracasado y les explicaba lo mejor que podía cómo y por qué había fallado, y luego me marchaba. Todo era muy aséptico. Pero no estaba preparado para decirles a Stanley y Rose que habían perdido su dinero. Me puse literalmente enfermo cuando les di la mala noticia. Sin embargo, tenía la esperanza de que podrían afrontar las pérdidas –miró al cielo y vio los espesos nubarrones que comenzaban a tapar el sol; una brisa helada corría entre los árboles–. Se mostraron comprensivos, pero enseguida comprendí que aquello era un desastre económico para ellos. Ese descubrimiento me dejó muy preocupado, pero luego sucedió algo que me impactó como nada antes y que me dejó completamente destrozado –tragó saliva, sintiéndose incómodo por la extraña mezcla de sensaciones que sufría–. Stanley abrazó a Rose y dijo que, siempre que se tuvieran el uno al otro, su amor les ayudaría a superar la crisis. Sus palabras, su actitud para hacer frente a la adversidad, me produjeron un sentimiento de culpa y unos remordimientos insoportables, aunque mis gestiones habían sido perfectamente legales y transparentes. Pero aquel instante me llegó al fondo del alma y me llenó de desesperación. Eso fue hace tres meses y ha atormentado mi conciencia desde entonces.

Jessica se detuvo y lo miró con profunda preocupación.

–¿Por eso viniste aquí?

–Sí, por eso vine a la cabaña. Conseguí recuperar el dinero de los Clarkson, pero eso no alivió mi sentimiento de culpa. Incluso ahora, tres meses después, todavía me persigue. Toda esta historia hizo que me diera cuenta de que necesitaba dar un cambio drástico a mi vida y que debía buscar un lugar tranquilo y solitario donde ordenar mis ideas.

Dylan había estado a punto de contarle cómo había recuperado el dinero de los Clarkson, la historia completa, pero, en el último momento, había decidido no hacerlo. Le había resultado difícil, pero finalmente había conseguido salvar del desastre parte del dinero, y él había puesto la diferencia de su bolsillo sin decírselo a los Clarkson. Los conocía lo bastante bien como para saber que no lo habrían aceptado de saber que el dinero procedía de él.

De pronto, Jessica se sintió triste, como si ella misma hubiera participado en aquellos sucesos.

–Lo siento.

–¿Eh? –Dylan le besó la palma de la mano y un esbozo de sonrisa se dibujó en la comisura de sus labios, en agudo contraste con las descarnada tristeza que había mostrado al contarle su historia–. ¿Y qué es lo que sientes?

Ella se quedó callada un momento, buscando las palabras adecuadas.

–Siento haberte hecho pasar un mal rato preguntándote por qué querías quedarte en la cabaña. No debí insistir tanto en preguntar sobre cuestiones personales de las que tú, evidentemente, no querías hablar. Debía haber respetado tu intimidad y haberme marchado, en lugar de entrometerme en tu soledad. Justin te había dejado la cabaña, y se suponía que yo iba a estar en Nueva York...

Los rasgos de Dylan se suavizaron y su tensión comenzó a disiparse. Jessica le acarició la frente y le ofreció una sonrisa vacilante.

–¿Hay algo que yo pueda hacer? –preguntó ella.

Dylan le pasó un brazo por encima del hombro.

–Ya has hecho mucho. Me has escuchado. Ahora que te lo he contado, me siento mejor, como si me hubiera quitado un gran peso de encima. Esto llevaba meses atormentándome. No sabía qué hacer ni hacia dónde tirar. Me estaba consumiendo por dentro –la abrazó y la besó suavemente en los labios–. En cuanto a tu insistencia en preguntar, te la agradezco mucho –su voz era un susurro–. Gracias. Gracias por escucharme y por estar aquí.

Por primera vez, comenzaba a vislumbrar la dirección que debía tomar su vida. ¿Había logrado finalmente deshacerse del sentimiento de culpa que lo había perseguido en los últimos tres meses? Por primera vez, creía que podría continuar con su vida... con una vida que sería mucho más fructífera de lo que lo había sido en el pasado. Jessica había desempeñado un papel esencial en aquel proceso: había sido una inspiración, una razón para marcarse metas, para tratar de hacer cosas mejores.

Una punzada de pánico lo devolvió bruscamente a la realidad. Sus sentimientos hacia Jessica crecían y no sabía si estaba preparado para afrontarlos. Ella era todo lo que un hombre podía desear, todo lo que él siempre había deseado, pero Dylan no sabía cómo definir lo que le ocurría.

Inclinó la cabeza y la besó apasionadamente. Jessica le rodeó el cuello con los brazos y respondió con fervor a su beso.

De pronto, se levantó el viento y el cielo se oscureció con negros nubarrones. El olor a mojado llenaba el aire, presagiando lluvia. Dylan dejó de besar a Jessica y miró el cielo.

–Será mejor que volvamos a la cabaña antes de que nos pille la tormenta.

Jessica también miró el cielo cubierto.

–Tienes razón.

Sin embargo, ninguno de los dos se movió. Dylan la miró a los ojos, sin aliento, y volvió a sentir una punzada de pánico. Durante la mayor parte de su vida adulta había evitado comprometerse emocionalmente. Pero no había podido escapar a la presencia cautivadora de Jessica McGuire. La apretó contra sí, como si no quisiera dejarla escapar. La posibilidad de que ella se marchara lo asustaba, ya que el puente estaba abierto. Él había decidido quedarse. Quería estar con ella.

Una fina llovizna comenzó a mojarles la cara, pero ninguno de los dos hizo esfuerzo alguno por volver a la cabaña. Luego, la llovizna se convirtió en aguacero y Dylan agarró a Jessica de la mano y tomó un atajo para regresar a la cabaña. Se sentía alegre y liviano.

–Corre... Nos vamos a empapar si no nos damos prisa.

Ella se echó a reír.

–Estamos demasiado lejos. De todas formas, nos empaparemos.

Dylan se detuvo y la estrechó entre sus brazos, sonriendo.

–Entonces da igual que nos paremos un momento –atrapó su boca y la besó apasionadamente.

Capítulo Ocho

Jessica y Dylan irrumpieron en la cabaña seguidos de una ráfaga de viento y lluvia. Habían corrido más de un kilómetro bajo la tormenta, deteniéndose solo cuando alcanzaron el porche para quitarse las botas embarradas y sacudir las chaquetas.

—¡Estamos empapados! —Jessica colgó su chaqueta mojada en el perchero y se fue directamente al cuarto de baño en busca de un par de toallas. Le dio una a Dylan y usó la otra para secarse el pelo.

—No puedo creerme lo rápido que ha estallado la tormenta —él se secó la cara y se sacudió el exceso de agua del pelo—. ¿Es normal aquí?

—Sí. Cuando las tormentas vienen del océano, el tiempo puede cambiar muy repentinamente —sintió un escalofrío—. Debemos caldear la habitación, y luego subiré a darme una lucha bien caliente.

Dylan la abrazó y le besó el lóbulo de la oreja.

—Eso suena muy bien —su voz se redujo a un susurro seductor—. ¿Te importa si me ducho contigo?

Jessica cerró los ojos y dejó que el calor de la caricia de Dylan le templara el cuerpo.

–Mmm... me parece una excelente idea –esbozó una sonrisa–. Y, así, además, ahorraremos agua caliente.

Cada vez que sus cuerpos se tocaban, el sentido común de Jessica parecía volatilizarse. Todo aquello era una experiencia nueva para ella y aún no sabía exactamente cómo afrontar sus sentimientos. El placer que sentía continuaba ensombrecido por un sentimiento de temor e incertidumbre que pugnaba en su interior. Cada minuto que pasaba, su amor se hacía más fuerte, pero una punzada de inseguridad seguía recordándole que no conocía los verdaderos sentimientos de Dylan. No tenía ni idea de lo que pasaba dentro de él.

–Encenderé el fuego y luego me meteré contigo en la ducha –él le dio un beso y la soltó.

Jessica se quedó mirándolo un momento, mientras él ponía hojas de periódicos, astillas y un par de leños en la chimenea y encendía la hoguera. Sintió un dulce estremecimiento ante la promesa de otra noche de pasión desenfrenada.

Se desnudó y se metió bajo el chorro de la ducha. El agua se derramó por todo su cuerpo. Unos minutos después, Dylan entró en la ducha. Se quedó tras ella y la rodeó con sus brazos; besó su cuello y sus hombros; le acarició los costados, las caderas y el vientre y luego comenzó a acariciarle los senos. El tacto de la piel mojada de Jessica lo excitaba aún más. Su piel tersa, sus caricias, su respiración agitada... ninguna otra mujer había exacerbado de ese modo sus sentidos. Solo estar con ella en la misma habitación despertaba su deseo de una forma desconocida para él. Cosas que nunca había pensado que formarían parte de su vida parecían, de pronto, posibles. ¿Era demasiado esperar? Deslizó una mano del pecho de Jessica hasta su vientre y, después, hasta la cara interna de sus muslos. El calor de la excitación de Jessica se transmitió a sus dedos cuando comenzó a acariciarle el sexo. Ella se estremeció, recorrida por una sacudida, y dejó escapar un suave gemido cuando Dylan introdujo un dedo entre sus pliegues. Jessica jadeó y, tomando aire, arqueó el cuerpo. El miembro de Dylan presionaba contra su espalda. Ella echó los brazos hacia atrás, apretó los musculosos glúteos de Dylan y reclinó la cabeza, dejando que el chorro de la ducha la empapara. Todo su cuerpo se sacudió, hasta que las convulsiones le hicieron flaquear las piernas. Dylan la sujetó y la estrechó contra sí. El vapor de la ducha los envolvía en una nube.

Dylan le acarició con la punta de los dedos la piel suave de las nalgas, al tiempo que bajaba la cabeza para lamer la punta de sus pezones erectos. Se metió uno en la boca y lo chupó. Luego, encontrando fuerzas para hablar sin jadear, recostó la cabeza en el hombro de Jessica y dijo:

—¿Crees que ya hemos pasado bastante tiempo debajo de la ducha como para deshelarnos?

—Sí —ella le dio un beso en el pecho y agarró su miembro duro; su voz adquirió un matiz ronco–. Además, si no salimos pronto, nos quedaremos sin agua caliente.

Dylan cerró los grifos y suavemente apartó la mano de Jessica de su miembro.

–Si no paras, no podré salir de aquí en un buen rato.

Salieron de la ducha. Dylan tomó un par de toallas grandes y envolvió a Jessica con una. Se vistieron rápidamente, Jessica con un vestido de lana y Dylan con unos pantalones de deporte y una sudadera, y se sentaron junto al fuego.

Las últimas veinticuatro horas habían sido muy reveladoras para Jessica. Había hecho el amor con el hombre más excitante que había conocido nunca y se había dado cuenta de que se había enamorado de él, a pesar de que no quería hacerlo. Pero lo que más la había sorprendido había sido descubrir a la verdadera persona que se ocultaba tras la apariencia que Dylan presentaba al mundo. Recordó lo que él le había contado sobre los Clarkson, y cómo ella había sentido la tensión que crispaba su cuerpo mientras se lo contaba. Le sobrevino una sensación de tibieza. Él había querido compartir esa parte de su vida con ella, y ella nunca se había sentido tan cerca de nadie, con una impresión de cercanía que provenía de un nivel emocional profundo y totalmente separado de los deseos físicos. Aquello le había permitido entrever al hombre completo que era Dylan, más allá de su apariencia. En la mente de Jessica había una imagen clara de lo que quería, y esa imagen era un retrato de Dylan. Se acomodó entre sus brazos y apoyó la cabeza en su hombro. Se sentía segura, protegida y cuidada. Era una sensación que no quería perder. Pero un ligero escalofrío le recordó que no todo era perfecto. Tal vez ella supiera lo que quería, pero no tenía ni idea de lo que pensaba él respecto a su futuro juntos.

Dylan la besó en la frente.

–Estás muy callada.

–Estoy disfrutando del fuego, del calor... –lo miró a los ojos– y de estar aquí contigo.

–Yo también.

Dylan nunca se había sentido tan cómodo con otra persona. Quería que Jessica formara parte de su vida, de su futuro. Pero lo asustaba la idea de comprometerse en una relación. Una vez lo había hecho y había resultado un desastre.

Sus temores lo empujaban en una dirección y sus deseos en otra. Y, en medio de todo, había una gran confusión. Un escalofrío de preocupación le recorrió el cuerpo. Estrechó a Jessica entre sus brazos. Si lograra saber qué debía hacer...

El suave repiqueteo del tejado indicaba que la lluvia había amainado. Cenaron y luego volvieron a sentarse junto al fuego mientras la luz del día se desvanecía y caía la noche.

–Jessica... –hundió los dedos en el pelo suave de ella.

–¿Mmm? –lo miró inquisitivamente.

Dylan la abrazó fuerte. Quería decirle lo mucho que le importaba, pero no le salían las palabras. Metió la mano debajo de su vestido y comenzó a acariciarle la espalda. Luego la hizo girar hasta ponerla encima de él. En lugar de hablar, la besó intensamente y acarició con la punta de los dedos la suave tela de sus bragas. Luego, deslizó la mano debajo del elástico y le agarró los glúteos.

La respiración de Jessica se hacía más agitada a cada momento. Hundió los dedos en el pelo de Dylan mientras él le acariciaba el cuerpo. Sus sentidos respondían a cada unas de sus caricias, por muy ligera que fuera.

Él le desabrochó el vestido y se lo bajó por los hombros. Se tumbó, arrastrándola consigo, y se colocó sobre ella, besándole la cara. Luego, sus labios se deslizaron hasta sus pezones duros. Su excitación creció al meterse uno en la boca. Su miembro presionaba contra la tela de sus pantalones.

Intentando mantener el control, Dylan se sentó y respiró hondo. Se quedó mirando a Jessica, en cuyos ojos brillaba la pasión. Se inclinó y devoró la boca jadeante de ella. La luz vacilante de la hoguera resaltaba las turgencias de sus senos perfectos.

Dylan se sacó la sudadera y se puso de pie, quitándose atropelladamente los pantalones. Jessica lo miró. El resplandor del fuego acentuaba los contornos duros de su cuerpo. Era el más perfecto espécimen de hombre que había visto. Se le aceleró el pulso. Ella nunca había sido tan atrevida con un hombre. Nunca había hecho el amor en el suelo, frente a una chimenea. Todo era tan novelesco, tan desinhibido... y tan excitante. Levantó las caderas y comenzó a bajarse las bragas.

—Deja de que lo haga yo.

Él se arrodilló y se colocó entre sus piernas. Siguió con la punta de la lengua el contorno del cuello de Jessica y el valle entre sus senos, haciéndola estremecerse de deseo. Le lamió los pezones, la base de los pechos y la tripa hasta llegar al elástico de las bragas. Agarró la goma entre los labios, la sujetó con los dientes y bajó el slip. Un instante después, Jessica sintió su cálido aliento cosquillearle sobre el suave vello que cubría su sexo.

Los besos íntimos de Dylan la hicieron gritar. No podía pensar. Un placer ardiente ofuscó su razón. Todo su cuerpo vibraba de excitación. Dylan era todo lo que quería... lo único que quería.

Él acabó de bajarle las bragas y se las quitó y, luego, rápidamente, la cubrió con su cuerpo. El casi frenético deseo que sentía por ella hizo que se olvidara de tomar precauciones. La penetró y se quedó quieto un momento, saboreando las exquisitas sensaciones que le causaba sentir el calor de Jessica envolviendo su miembro. Luego, mientras la besaba, imprimió un ritmo cada vez más fuerte a sus acometidas. Su ardor creció cuando ella lo rodeó con las piernas y comenzó a moverse rítmicamente junto con él. Se movían con tanta sincronía que parecía que llevaban años siendo amantes. Jessica buscó la boca de Dylan y el contacto de su lengua hizo que se desvaneciera toda su capacidad de control. Su cuerpo se sacudió en convulsiones cada vez más intensas. Apretando a Dylan contra sí, echó hacia atrás la cabeza y dejó que aquellas deliciosas sensaciones la llenaran por completo. Intentó decir algo, pero solo le salió una palabra:

–Dylan...

Él devoró su boca, sintiendo que cada terminación nerviosa de su cuerpo palpitaba. Dando una última arremetida, la estrechó más fuerte entre sus brazos y un gemido de puro éxtasis salió de su garganta, mientras su cuerpo se sacudía en fuertes espasmos. Hundió la cara entre el pelo de Jessica para impedir que se le escapara lo que estaba a punto de decir, las palabras que revelarían sus sentimientos y que expondrían el último reducto de vulnerabilidad que aún trataba de proteger.

Se quedaron tumbados en los almohadones, junto al fuego, con las piernas y los brazos enlazados. No querían moverse ni romper su abrazo. Dylan le apartó a Jessica el pelo que le caía sobre la frente, la besó en la mejilla y luego en los labios, suavemente. Durante los tres días que habían pasado juntos en la cabaña, Jessica había vuelto su mundo del revés. Le había dado a su vida un propósito y el ímpetu necesario para trazar un plan sobre su futuro. Se sentía como si la conociera desde siempre. Nunca se había sentido tan cerca de nadie.

Dejó que la palabra «amor» se abriera paso en su cerebro, primero de forma vacilante y luego con determinación. Pero todavía le asustaba pronunciarla. Sabía que quería estar con Jessica, que quería que ella formara parte de su vida. Había muchas cosas que deseaba decirle, pero no sabía exactamente qué ni cómo. A pesar de la fortaleza de sus sentimientos, comprometerse en una relación duradera le producía una gran ansiedad.

Así es que no dijo nada. La estrechó entre sus brazos, acarició su piel, la besó en la frente y las mejillas... y no dijo nada.

El fuego comenzaba a apagarse. Jessica se estremeció de frío. Dylan miró a su alrededor buscando algo con lo que cubrirse, pero no vio nada.

—¿Estás despierta?

—Mmm... —ella se desperezó y abrió los ojos—. Creo que sí.

—El fuego casi se ha apagado. Puedo poner otro leño —le acarició los pechos y luego la cara interna de los muslos—, o podemos hacer algo para calentarnos un poco.

Ella rio espontáneamente.

—Bueno, bueno, bueno. Parece que tienes un apetito insaciable esta noche.

—Quizá podamos hacer algo para remediarlo —la besó con renovado ardor y se levantó, tomándola en brazos.

La llevó al piso de arriba y la depositó suavemente sobre la cama. Se tendió junto a ella. Jessica tenía razón: su apetito era insaciable. No se cansaba de ella, en ningún aspecto. Aunque no hubieran hecho el amor, se habría quedado con ella solo por oír el sonido de su voz y su risa, por ver el brillo de sus ojos.

La agarró de la cara y la contempló un momento, recreándose en su belleza. ¿Era aquello amor? La respuesta no le resultaba fácil de asumir.

Ella le acarició la cara. En las últimas veinticuatro horas, habían hecho el amor más veces de las que lo había hecho desde su divorcio, hacía siete años, y, cada vez, el amor que sentía por él se reafirmaba.

¿Se había vuelto tan insaciable como él? Aquello no cuadraba con su vida ordenada y formal, pero le gustaba. Había quedado atrapada en un inesperado torbellino de amor con el último hombre con el que hubiera podido imaginarse. Pero no importaba. Sentía una felicidad espontánea que nunca había creído que llegaría a sentir.

Dylan miraba al techo iluminado por la luz del amanecer. Contempló a Jessica, dormida en sus brazos, y su corazón se llenó de euforia. Sin embargo, el gozo que sentía estaba atemperado por el temor. Llevaba despierto alrededor de una hora y en su cabeza pugnaban sentimientos contradictorios. Lo que más lo preocupaba era la dificultad de distinguir entre la lujuria y el amor. Él conocía bien la lujuria, pero el inesperado amor que sentía lo tenía desconcertado.

No sabía cómo afrontar sus sentimientos. En realidad, nunca se había sentido tan inseguro en toda su vida. ¿Debía decirle algo a Jessica? ¿Se atrevería a decirle lo que sentía? Ella le había abierto un mundo de posibilidades y le había dado fuerzas para tomar algunas decisiones serias sobre su futuro... un futuro que debía incluir a Jessica McGuire.

La besó suavemente en la frente, pero se quedó quieto para no despertarla. Se sentía superado por la desmesura de lo que le había sucedido en los últimos días. Tenía un plan para el futuro, un proyecto que le permitiría hacer algo por la gente. Sin embargo, tener un proyecto para su vida personal no parecía a su alcance. La idea relucía en el horizonte, llamándolo. ¿Era real o solo un espejismo conjurado por sus más profundos anhelos y aspiraciones? Cerró los ojos con la esperanza de volver a dormirse, pero no pudo deshacerse de sus pensamientos.

Dylan no era el único que trataba de ordenar sus ideas. Jessica llevaba varios minutos intentando aclarar su percepción de lo que estaba sucediendo... y de lo que podría pasar en el futuro. En ese futuro, ¿formaría parte Dylan de su vida? Lo deseaba con todo su corazón. Amaba a Dylan, de eso estaba segura. Pero ¿qué sentía él? ¿La amaba? ¿Podía amarla tanto como ella a él?

Sin embargo, eso no era lo único que la preocupaba esa mañana. La noche anterior, junto al fuego, habían hecho el amor sin tomar precauciones. La segunda vez que lo hicieron, en el dormitorio, se habían dejado arrastrar de nuevo por la pasión. Ese terrible descuido había empezado a preocuparla antes de quedarse dormida. ¿Le ocurriría lo mismo a Dylan?

Por un solo momento de descuido, todo su

futuro podía verse alterado drásticamente. Toda la noche había estado pensando en la posibilidad de quedar embarazada de un hombre que, probablemente, no deseaba hijos. Trató de apartar de su mente esa idea. Lo que estaba hecho, ya no podía cambiarse. Además, tenía preocupaciones más inmediatas que debía aclarar cuanto antes. Debía mantener una conversación seria con Dylan. Debía averiguar qué podía esperar de él y si tendrían un futuro juntos.

Abrió los ojos despacio y se desperezó. De reojo, sorprendió una expresión preocupada en el rostro de Dylan antes de que él se diera cuenta de que lo estaba mirando. Inmediatamente, Dylan sonrió.

–Buenos días –la besó en la frente.

–Buenos días –trató de mostrarse alegre. Le acarició suavemente la mejilla, sintiendo de nuevo la preocupación de la noche. Nada la haría tan feliz como despertarse cada día en sus brazos. Si supiera lo que les deparaba el futuro...

Se quedaron un rato en la cama, contentos de no tener que hablar y de disfrutar del despertar, del sol que se filtraba por la ventana y del canto de los pájaros. Luego, Jessica se incorporó, con el ceño fruncido.

–¿Oyes eso? Parece un camión... y voces –saltó de la cama, buscando sus ropas, y sonrió–. Oh, se me olvidaba: anoche nos dejamos la ropa abajo.

Dylan le devolvió la sonrisa mientras se incorporaba. La agarró de la mano y la atrajo hacia sí, rodeándola por las caderas. Le dio un beso entre los pechos. Jessica se estremeció. Entonces, un ruido llamó de nuevo su atención.

–¡Escucha! ¿Has oído eso?

–Sí –Dylan saltó de la cama y miró a través de la persiana–. No veo nada, pero será mejor que nos vistamos, por si acaso.

Capítulo Nueve

De pie, en el porche, Jessica y Dylan miraban cómo desaparecía el camión de la compañía eléctrica carretera abajo. La electricidad había sido restablecida en la zona. Jessica se sentía triste. Sabía que su idilio tocaba a su fin. Había llegado el momento de abandonar el mundo de fantasía y volver al mundo real, con sus responsabilidades y compromisos.

Estaba nerviosa. Los últimos dos días con Dylan habían sido perfectos: largos paseos por el bosque, tardes al calor del fuego y noches llenas de pasión.

Cuando se dio la vuelta para entrar en la cabaña, Dylan le pasó un brazo por los hombros. Ese gesto calmó en parte sus tribulaciones. Quería a Dylan y no deseaba perderlo, pero, al mismo tiempo, su lado práctico le recordaba que una relación requería dos personas dispuestas a comprometerse. Necesitaba saber qué pensaba y sentía Dylan.

Se sentía abrumada por un peso, por una pena que tal vez pronto sería lo único que quedara de su amor. Trató de detener el creciente desasosiego que rápidamente iba ensombreciendo su dicha. Debía hacer la maleta para volver a Seattle, a su trabajo. Se desasió del abrazo de Dylan, pero en cuanto se rompió su contacto sintió como si le hubieran arrancado un pedazo de su vida. Era demasiado tarde para volverse atrás. Ella habitaba en el mundo real, no podía evitarlo. Comenzó a subir las escaleras.

–Tengo cosas que hacer.

–¿Puedo ayudarte en algo?

–No tardaré –se paró en el primer escalón, sintiendo una creciente ansiedad. No quería mirarlo para que no flaqueara su determinación–. Cuando acabe, creo que debemos hablar.

–Ah... claro. ¿Y de qué quieres hablar?

Jessica percibió el tono de sorpresa de Dylan. ¿Es que acaso él no veía necesario que hablaran del futuro? ¿Lo había juzgado mal? No, solo era la ansiedad, que la confundía. Ella había descubierto a un hombre atento y compasivo... un hombre cuya vida había quedado sumida en el caos por lo ocurrido con los Clarkson, un hombre que quería ayudar a los demás y hacer algo por la sociedad.

–Creo que debemos hablar del futuro –Jessica subió corriendo las escaleras antes de que él pudiera responder.

Un ligero estremecimiento de alarma recorrió la espina dorsal de Dylan mientras la miraba desaparecer por las escaleras. El futuro... llevaba pensando en ello toda la mañana. No quería perder a Jessica. Debía decirle lo que sentía y lo que había estado pensando desde que se habían levantado, hacía un par de horas.

Salió de la cabaña y fue al garaje, donde había aparcado el coche. Tomó el teléfono móvil y el cargador. Ya que había sido restablecido el suministro eléctrico, podría cargar la batería y empezar a hacer reservas. Cuanto más pensaba en su plan, más le gustaba la idea.

Enchufó el cargador del teléfono en la cocina y subió al piso de arriba en busca de Jessica. No podía evitar sonreír. Sí, debían hablar del futuro... un futuro que lo entusiasmaba más y más a cada minuto.

Al llegar a la puerta del dormitorio de Jessica, oyó un profundo suspiro.

—¿Jessica? —cruzó la habitación, la agarró de los hombros y la hizo girarse para mirarla de frente. Tenía un incómodo presentimiento. Buscó en su cara una explicación, algo que le indicara que todo iba bien... que su repentina inquietud no tenía fundamento. Pero en el rostro de Jessica no encontró la seguridad que buscaba—. ¿Estás haciendo la malcta? ¿Te vas a alguna parte? Pensaba que querías hablar.

Ella trató de serenarse, pero tenía un nudo en la garganta. Siguió con lo que estaba haciendo, guardó las últimas prendas y cerró la maleta. No quería volverse y enfrentarse a Dylan. Él parecía tan sinceramente asombrado y confuso...

—Jessica... contéstame, por favor... —la incertidumbre resonaba en su voz—. ¿Te vas a algún sitio?

Ella respiró hondo en un intento por calmar el dolor que la sacudía por dentro. Lo amaba, pero eso no bastaba. Hacían falta dos para que una relación funcionara. No tenía ni idea de lo que quería él. Y si resultaba que estaba embarazada...

Sintió un escalofrío y una punzada de miedo. De cualquier forma, necesitaba saber cuál era la situación. Y necesitaba saberlo en ese preciso instante. Se volvió para mirar a Dylan.

–He pensado mucho en nosotros... en el futuro...

–Yo también –la interrumpió y la estrechó entre sus brazos. Su corazón latía más fuerte, azuzado por la incertidumbre que comenzaba a apoderarse de él. Sabía que debía decir cuanto antes lo que pensaba–. El tiempo que hemos pasado juntos ha sido muy importante para mí. Vine aquí para intentar aclarar mi vida y he conseguido mucho más de lo que pensaba. He podido formular un proyecto para mi futuro y, al mismo tiempo, he encontrado a alguien muy importante –le dio un suave beso en los labios–... muy importante para mí –había estado a punto de decir que la quería, pero un súbito aguijoneo de pánico le había impedido hacerlo–. Cuando llegué aquí me sentía confuso y culpable y no sabía cómo afrontarlo, pero ahora me siento como nuevo, y todo gracias a ti. Estoy preparado para salir y enfrentarme al mundo otra vez. Sé lo que quiero en la vida –tragó saliva–, y tú formas parte de ello.

Lo había dicho. No había pronunciado la palabra amor, pero haberle dicho cuánto le importaba le produjo una alegría que pronto se convirtió en euforia. La abrazó fuerte. El futuro era de ambos. Todo era perfecto. Quería hacer algo muy especial por ella, algo que le demostrara cuánto le importaba. Aunque no había sido capaz de decir las palabras apropiadas, qué mejor forma de demostrarle su amor que poner el mundo a sus pies.

–Ven conmigo, Jessica. Quiero mostrarte todos los sitios donde nunca has estado.

La voz de Jessica sonó vacilante.

–No te entiendo. ¿Quieres decir que nos vayamos de vacaciones?

Dylan vio la confusión reflejada en el rostro de Jessica, pero no dejó que ello ensombreciera su entusiasmo.

–No, no me refiero a unas vacaciones... me refiero a un viaje romántico de ciudad en ciudad. Recorreremos juntos Europa. Pasaremos largas horas uno en brazos del otro y haremos el amor hasta el amanecer.

Ella frunció el ceño, cada vez más confusa.

–¿Quieres decir que, simplemente, tomemos un avión y nos marchemos?

–Sí, podemos marcharnos cuando quieras –la miró expectante–. ¿Qué me dices? –le acarició la frente arrugada por la preocupación–. ¿Qué ocurre? Pareces preocupada por algo.

–Pero yo tengo un trabajo que atender y facturas que pagar. No puedo tomarme unas vacaciones solo porque sea divertido. Mi vida no está estructurada de ese modo.

Dylan se relajó y se echó a reír.

–¿Eso es todo? –su repentino ataque de ansiedad había sido infundado. A Jessica solo le preocupaba el dinero. Pero el dinero no era un problema para él. Una suave tibieza se extendió por su cuerpo. Todo lo que deseaba parecía estar al alcance de su mano. El futuro sería tal y como lo había imaginado.

–¿Cómo que si eso es todo? –ella sintió un nudo en la garganta. ¿Lo había oído bien? ¿Estaba insinuando Dylan que su trabajo no tenía importancia? ¿Cómo se le ocurría pensar que ella se iría con él así, sin más, como si no tuviera responsabilidades? ¿Se había equivocado al pensar que Dylan había cambiado? ¿Era aún el trotamundos que no quería saber nada de responsabilidades y compromisos? Debía haber algún error. Él no podía haber querido decir eso.

–No tienes que preocuparte por el dinero. Yo tengo más que suficiente para los dos. Podemos vivir cómodamente el resto de nuestras vidas sin preocupaciones económicas. Puedes tomarte un año sabático sin preocuparte de las facturas.

Atónita, Jessica se desasió de su abrazo. Se sentía como si literalmente él le hubiera escupido a la cara. El desengaño pronto se convirtió en dolor y cólera. De nuevo se despertó en su interior el resentimiento que había permanecido latente durante años.

Dylan era igual que su ex marido. ¿Cómo podía haber sido tan estúpida como para caer una segunda vez en el mismo error? A él no le importaba su carrera. Pero aquello no volvería a ocurrir.

–Eso es lo mismo que pensaba mi ex marido. Él tenía el dinero, pagaba las facturas, así es que él establecía las prioridades, y mi vida y mis necesidades no importaban –había amargura y dolor en su voz–. Yo no estoy hablando de dinero. Hablo de responsabilidades y compromisos, dos palabras que no parecen estar en tu vocabulario. Mi ex marido no lo entendía, ni tú tampoco. He trabajado muy duro para labrarme una carrera de la que estoy muy orgullosa, y tengo una responsabilidad con mis clientes y un compromiso que intento mantener. Siento que para ti eso no tenga sentido.

Una mezcla de confusión y cólera resonó en la voz de Dylan.

–¿De qué demonios estás hablando?

–Estoy hablando de asumir responsabilidades y compromisos... –tragó saliva–, de comprometerse en una relación. Eso es algo que mi ex no pudo hacer y no voy a caer en la misma trampa otra vez.

–Yo no soy tu ex marido ni tú eres mi ex novia. Deja ya de intentar meterme en ese molde.

Ella reprimió las lágrimas y se alejó de él. Una terrible sensación de pérdida la invadió. Había hecho lo que no debía. Había entregado su corazón a otro embaucador y estaba pagando el precio. No le daría a Dylan la satisfacción de verla llorar, de saber cuánto la había herido.

Agarró la maleta.

–Pensaba que había algo especial entre nosotros. Pero lo que tú me ofreces es una aventura, no un compromiso –contuvo el aliento, esperando contra toda evidencia que él dijera que la quería y le ofreciera el compromiso que deseaba.

Se quedó quieta durante lo que le pareció una eternidad. Pero el silencio de Dylan era más expresivo que cualquier palabra. No había mucho más que decir. Con el corazón destrozado, Jessica se dirigió a la puerta de la habitación.

–Justin te dejó la cabaña, así es que puedes quedarte si quieres. Mis vacaciones se han acabado. Tengo que volver al mundo real, asumir mis responsabilidades y hacer honor a mis compromisos... algo que yo me tomo muy en serio.

Dylan la miró, enmudecido por el asombro, mientras ella salía de la habitación y comenzaba a bajar las escaleras. Se quedó clavado en el sitio, incapaz de moverse. Su cerebro trataba de asumir lo que había ocurrido entre el momento en que, eufórico, le había dicho a Jessica lo mucho que le importaba, y el momento en que ella lo había acusado de no saber nada de responsabilidades y compromisos y lo había comparado con su ex marido. ¿Había algo que conectara ambos extremos y que él no comprendía? Buscó en su memoria, desesperado por encontrar la clave que pusiera sentido a lo ocurrido.

Oyó cerrarse la puerta de la cabaña y el pánico se apoderó de él. Bajó corriendo las escaleras y salió cuando Jessica cerraba la puerta del maletero del coche. La agarró del brazo antes de que se sentara al volante.

–No te vayas. Quédate conmigo, por favor.

Ella miró al suelo.

–No puedo... tengo que regresar a casa... a mi trabajo.

–¿Qué sucede, Jessica? –respiró hondo e intentó serenarse, pero no lo logró–. Háblame.

Todo aquello iba demasiado rápido para él. En solo un par de días, Jessica se había convertido en la persona más importante de su vida. Eso lo asustaba. Quería decirle muchas cosas, pero, sobre todo, que la amaba. Sin embargo, las palabras no le salían.

La voz de Jessica era apenas un susurro.

–No sé qué más puedo decirte.

Se quedaron en silencio unos segundos. Jessica esperaba que él contestara. Deseaba desesperadamente que dijera algo, pero Dylan guardó silencio de nuevo. Por fin, Jessica se metió en el coche. Una lágrima rodó por su mejilla, y luego otra, y después otra, hasta que se desató el llanto.

Sabía que nunca podría olvidar a Dylan. Siempre le quedaría el vacío que Dylan había ocupado durante esos días encantados y esas noches apasionadas. Miró por el retrovisor para contemplarlo por última vez antes de doblar la curva.

Dylan siguió mirando la carretera después de que el coche de Jessica desapareciera. Se sentía entumecido por dentro y vacío. Jessica se había llevado su corazón. No sabía cómo había ocurrido, ni sabía cómo afrontarlo. Durante años había huido de las complicaciones de un compromiso sentimental. La idea de tener una relación duradera lo asustaba, pero más aún lo asustaba la idea de perder a Jessica. Y, si no hacía algo rápidamente, tal vez también perdería la amistad de Justin.

Un escalofrío helado le recorrió el cuerpo. De pronto, se sentía más solo que nunca. Entró en la cabaña y se tumbó en el sofá, demasiado aturdido como para moverse o pensar. Una única idea penetraba en la niebla de su cabeza: recuperar a Jessica.

Pasaron horas antes de que pudiera concentrar sus pensamientos y encontrar fuerzas para moverse. Fue a buscar el teléfono móvil y comprobó que la batería estaba cargada.

Jessica se abrazó al osito de peluche que Dylan le había regalado cuando tenía dieciséis años. Era el único muñeco de su colección que conservaba. Tenía una oreja rota y le faltaba un ojo, pero Jessica le tenía mucho cariño. Lo puso sobre la repisa de la chimenea y se quedó mirándolo.

–Bueno, Botoncitos, seguramente tendrás una opinión sobre todo esto –dejó escapar un suspiro de desesperación–. Nunca he querido a nadie como lo quiero a él, pero no pudo embarcarme en una relación sin estar segura de que me ofrecen un compromiso igual al que yo estoy dispuesta a dar. Dylan quería que me escapara con él, pero eso solo sería... huir. Habría sido maravilloso, pero en algún momento yo habría querido bajar de la nube y volver a tierra. No puedo ignorar mis responsabilidades. Así soy yo –acarició la cara del peluche y le estiró la camisita–. ¿He hecho mal? ¿Lo presioné demasiado? ¿Debería haber aceptado lo que él estaba dispuesto a darme y esperar que tal vez, algún día...?

Dejó escapar un sollozo y los ojos se le llenaron de lágrimas otra vez. Había llorado durante todo el viaje de regreso a Seattle. Estaba completamente confundida.

Un insistente golpeteo en la puerta la devolvió a la realidad. Se secó las lágrimas con la mano, se pasó las manos por el pelo para apartárselo de la cara y abrió.

–Justin... qué sorpresa –algo en la expresión de su hermano le puso nerviosa; se apartó para dejarlo pasar–. Solo llevo aquí tres horas... lo justo para deshacer la maleta y poner una lavadora.

Él parecía inquieto.

–¿Estás sola? –miró a su alrededor como si buscara a alguien–. No interrumpo nada, ¿no?

–No, claro que no. ¿Cuándo has vuelto de tu vuelo?

Justin se encogió de hombros y se fue a la cocina.

–Ayer por la mañana –abrió la nevera y sacó una cerveza–. ¿Quieres tomar algo, ya que estoy aquí?

–No, no quiero nada –se unió a su hermano en la cocina y lo miró fijamente mientras abría la botella. Lo conocía lo bastante bien como para saber que algo lo inquietaba.

–Eh... ¿Sabes de quién tuve noticias hace un par de semanas? Te acuerdas de Dylan Russell, ¿verdad? –se apoyó con aire despreocupado en el quicio de la puerta, como si su pregunta no tuviera importancia, pero Jessica percibía su nerviosismo.

Ella se esforzó por reír.

–Claro que me acuerdo de él. ¿Cómo no voy a acordarme si hablas de él todo el tiempo? –sintió una aguda punzada de melancolía. Dylan había dejado una huella indeleble en su vida.

–Recibí un e-mail suyo hace un par de semanas preguntándome si podía usar la cabaña una semana o así. Como se suponía que tú ibas a estar en Nueva York, le envié la llave. Afortunadamente, debe de haber cambiado de planes –rio nerviosamente–. Me alegro, porque no hubiera sido una buena idea que Dylan y tú os encontrarais en la cabaña.

–Bueno... eso no es del todo preciso –la súbita aparición de Justin y su nerviosismo cobraban sentido. Quería saber si había ocurrido algo entre Dylan y ella.

Justin la miró inquisitivamente.

–¿Cómo?

–Me llevé una buena sorpresa cuando vi que había alguien en la cabaña y, sobre todo, al descubrir que ese alguien era Dylan. Me dijo que le habías prestado la cabaña –por la expresión que puso Justin, Jessica comprendió que quería que le contara más. Normalmente había confianza entre ellos, pero aquello era diferente. Era demasiado doloroso. No estaba preparada para hablar de ello todavía. Intentó desviar la conversación–. ¿Vas a quedarte en casa o tienes algún vuelo previsto? –preguntó.

–No tengo nada en una semana. Me quedaré

en la oficina, para ver cómo marcha lo de la compra –se dirigió al cuarto de estar y se puso cómodo.

Ella lo siguió y se sentó en la esquina del sofá con aparente despreocupación. Al alzar la vista, vio que Justin la miraba fijamente. Parecía preocupado por ella.

–¿Qué ocurre? ¿Por qué me miras así?

–Tienes los ojos enrojecidos, como si hubieras llorado. ¿Estás bien? Tienes muy mala cara.

Ella forzó una risa nerviosa.

–Gracias. Eso es justamente lo que quiere oír una chica –sabía que debía decirle algo para satisfacer su curiosidad–. Estoy cansada, eso es todo. Había tormenta en la Península. Cuando llegué no había luz y no la dieron hasta la mañana siguiente. Además, la crecida del río y el lodo que arrastraba la corriente hicieron que se cerrara el puente un par de días. Así es que... no he dormido mucho. Y creo que estoy incubando un resfriado. Me pican mucho los ojos.

–Ah, ya veo –tomó un trago de cerveza–. Pensaba que tal vez Dylan te había causado algún problema. Él es muy divertido y nosotros somos amigos desde la universidad, pero es mejor no tomarlo muy en serio. Trata a las mujeres como si fueran de usar y tirar. Sé de buena tinta que no tiene interés en sentar la cabeza y establecerse en un sitio. Cualquier mujer que se enamore de él, acabará con el corazón roto.

Jessica sintió una súbita oleada de irritación. Trató de reprimirla y de parecer tranquila.

—Creo que tu consejo llega demasiado tarde. No me había sentido así por un hombre desde mi divorcio.

Justin descruzó las piernas y volvió a cruzarlas.

—Eh... no sé qué quieres decir exactamente.

—Quiero decir que me siento muy atraída por él. En realidad —su voz se redujo a un susurro—, creo que podría haberme enamorado de él.

—Espero que sepas lo que haces, Jess.

Ella dejó escapar una risa amarga.

—No pongas esa cara, Justin.

Él sonrió tratando de parecer animoso.

—En fin, si las cosas te salen mal, prometo no decirte: «ya te lo dije».

—No hay nada de qué preocuparse. No creo que vuelva a ver a Dylan —se le hizo un nudo en la garganta—. Todo acabó en la cabaña.

—Lo siento, Jess. Me gustaría decir algo más apropiado para que te sintieras mejor —miró hacia la cocina—. ¿Tienes algo de cena?

—No tengo mucha hambre.

—Salgamos y cenemos por ahí... Invito yo.

Jessica se sintió invadida por la melancolía y pensó en lo sola y vacía que se encontraba.

—No me apetece —miró a su hermano y esbozó una débil sonrisa—. Quizás otro día.

—¿Quieres... eh... quieres hablar de ello? No tengo planes. Puedo quedarme contigo esta noche, si quieres.

—Gracias, Justin, pero no es necesario. Estaré bien. Solo necesito aclarar un poco mis ideas.

Una expresión de preocupación crispó la cara de Justin.

–¿Estás segura? No me importa quedarme.

Ella forzó una sonrisa.

–Estoy segura... Ahora, por favor, vete.

–Te llamaré por la mañana. Si necesitas algo, estaré en casa.

Jessica acompañó a su hermano hasta la puerta y lo miró marcharse. De nuevo estaba sola con sus pensamientos. Decirle a su hermano que podría haberse enamorado de Dylan había sido una verdad a medias. Era evidente que Justin no la había creído, pero había tenido la delicadeza de no decírselo. En realidad, ya se había enamorado de él, pese a todas la razones que se había dado a sí misma para no hacerlo.

Además, no dejaba de pensar en que tal vez estuviera embarazada. Una lágrima rodó por su mejilla. ¿Era posible que el amor doliera tanto?

El timbre del teléfono rompió el silencio. A Jessica le dio un vuelco el corazón. ¿Sería Dylan? Respiró hondo para serenarse y descolgó.

–¿Sí? –esperó un segundo, pero nadie contestó. Luego colgaron. Evidentemente, había sido una confusión. Jessica se dio la vuelta y volvió al cuarto de estar, con el corazón cargado de desesperación.

Dylan colgó el teléfono móvil. Al oír la voz de Jessica, las palabras se le habían helado en la garganta. La ansiedad que se había apoderado de él era una señal de lo mucho que sentía por ella, de cuánto la echaba ya de menos... y de cuánto la amaba.

Pero había sido incapaz de decírselo para evitar que se fuera. Se había quedado petrificado como una estatua, mirando cómo se alejaba su coche. Y, después de pasar unas horas miserables solo en la cabaña, la había llamado con los mismos resultados.

¿Había perdido a Jessica por su incapacidad para darle lo que ella esperaba y merecía: un compromiso? ¿Había salido ella de su vida para siempre? Una negra desesperación lo invadió. Se tumbó en el sofá y cerró los ojos. En la pantalla de su mente danzaban imágenes de Jessica: su sonrisa, el brillo de sus ojos, la boca deliciosa...

Por separado, la pérdida de la mujer que amaba y la de su mejor amigo sería inaceptable; pero la pérdida de los dos al mismo tiempo le resultaba inconcebible. Exponer todos sus miedos y su último reducto de vulnerabilidad no podía causarle más dolor del que ya sentía, ni sería tan horrendo como pensar en un futuro sin Jessica.

Debía hacer lo que estuviera en su mano para recuperar su amor. Pero ¿por dónde empezar? Se sentó. Sabía la respuesta, había estado con él todo el tiempo. Para recobrar a Jessica, debía probarse a sí mismo que era digno de confianza. Debía poner en marcha su proyecto sobre los seminarios financieros.

Subió las escaleras de dos en dos. Tomó un cuaderno y comenzó a hacer una lista de las cosas que tenía que hacer. Le demostraría a Jessica que podía ofrecerle lo que ella quería.

Después, le pediría que compartiera su vida.

Capítulo Diez

–Gracias, Glen –Dylan se encaminó a la puerta del despacho–. Mi abogado contactará con vuestro departamento jurídico. Podremos empezar un mes después de que se solucione el papeleo. Ya lo tengo casi todo preparado. Solo quedan un par de cabos sueltos por atar, y estaremos listos.

–Quiero darte las gracias por ofrecernos este proyecto –dijo Glen–. Me gusta mucho la forma en que lo has planteado. No solo es algo que beneficiará a la gente, sino que además cumple todos los requisitos de nuestra programación de servicios sociales. Llámame en cuanto estés preparado y te enviaré el plan de producción del estudio para que fijemos un calendario para nuestras delegaciones en Los Ángeles, Phoenix, Dallas, Chicago, Miami y Nueva York.

Los dos hombres se dieron la mano y Dylan abandonó la oficina del director de la cadena de televisión. Había logrado cumplir todos los objetivos de su lista en apenas una semana. Nunca había trabajado con tanto denuedo en un proyecto, porque ninguno había significado tanto para su futuro... para el suyo y para el de Jessica.

No pasaba una hora sin que pensara en ella, anhelando el momento en que podría presentarle sus logros. Todo lo que había hecho tenía un único objetivo: recuperarla.

Le había ofrecido poner el mundo a sus pies y ella lo había rechazado. No quería repetir el mismo error. Un escalofrío de aprensión lo sacudió. Había llamado a Jessica varias veces, pero siempre se había respondido el contestador automático. Había ido tres veces a su casa, pero nunca la había encontrado. No sabía dónde estaba.

Ya que lo tenía todo preparado, solo le quedaba una cosa por hacer: encontrarla. Regresó a su habitación en un hotel en el centro de Seattle y marcó su número de teléfono. De nuevo respondió el contestador.

Se sentó al borde de la cama y miró lo que lo rodeaba. Otra habitación de hotel. Había estado en tantas... Anhelaba la intimidad de un hogar; una verdadera casa en lugar de un apartamento o una fría habitación de hotel; y añoraba a la mujer que amaba, que lo ayudaría a convertir esa casa en el hogar que siempre había deseado, aunque nunca se lo hubiera reconocido a sí mismo. Y, además de esa mujer, anhelaba una familia. Tal vez un hijo que llevara su nombre, o una hija que se pareciera a Jessica... Eso era lo que más deseaba y de alguna forma tenía que conseguirlo.

Marcó otro número.

−¿Justin? Soy Dylan −no le gustó el nerviosismo que notó en su propia voz−. ¿Dónde está

Jessica? Llevo una semana buscándola. La he llamado varias veces y hasta he ido a su casa.

–Eh... no estoy seguro. ¿Para qué la buscas?

El filo de preocupación que había en la voz de Justin dejó desarmado a Dylan. Lo había oído otras veces, pero nunca dirigido a él. Se puso nervioso.

–Necesito hablar con ella. Debemos resolver algunas cosas –trató de calmarse; no quería que hubiera malentendidos con Justin–. Algunas... cuestiones personales.

–Dime, granuja –la hostilidad de la voz de Dylan cruzó la línea telefónica y aumentó la ansiedad de Dylan–, ¿qué clase de cuestiones personales tienes con mi hermana?

Dylan respiró hondo e hizo un esfuerzo por parecer ecuánime.

–Es... un asunto privado.

–Vamos, Dylan, estamos hablando de mi hermana, no de una de tus amiguitas. Sé cómo eres con las mujeres...

–¡No, no lo sabes! –la respuesta furiosa de Dylan interrumpió a Justin–. Tú solo sabes lo que quieres creer. Parecía que te gustaba pensar que tenía una mujer diferente en mi cama cada noche, así es que nunca te saqué de tu error. Pero eso era lo que tú creías, nada más –respiró hondo, incómodo por haberse enfadado con Justin; intentó serenarse–. Entiendo que te preocupes por Jessica, pero esto es privado. Solo nos concierne a Jessica y a mí. Y bien, ¿sabes dónde está? –esperó ansioso que Justin dijera algo. En los diecisiete años que duraba su amistad, era la primera vez que discutían.

Después de lo que a Dylan le pareció una eternidad, finalmente Justin respondió:

–Está en Nueva York. La llamaron para que acabara un trabajo. Estará de vuelta mañana por la noche. Su vuelo llega alrededor de las cinco.

–Esto... Justin, ya que te tengo al teléfono, me gustaría hablarte de la compra de tu compañía aérea –la conversación volvió rápidamente al tono normal que dominaba las relaciones de Dylan y Justin.

Jessica se quitó los zapatos y se desplomó sobre un sillón del cuarto de estar. El trabajo en Nueva York le había permitido concentrar sus energías y esfuerzos en algo distinto a Dylan Russell, pero se alegraba de estar de nuevo en casa. Se recostó en el sillón y cerró los ojos. Entonces, sonó el timbre.

–¡Dylan! –al abrir la puerta, le dio un vuelco el corazón. Dylan era la última persona a la que esperaba ver. Él no dijo nada. Se quedó de pie, mirándola, con una extraña expresión en el rostro. Jessica sintió una mezcla de alegría y tristeza.

La mirada fija de Dylan le puso nerviosa. No sabía qué decir. Progresivamente, el dolor fue ganando terreno a la alegría de verlo. Intentó apartar la película neblinosa que empezaba a empañar sus ojos. No derramaría una sola lágrima delante de él. Sintió un escalofrío. Dylan estaba allí, de pie, como paralizado. ¿Por qué no decía nada? El silencio amortiguaba todos los ruidos.

Jessica se obligó a decir:

–¿Qué haces aquí? –se sentía como si se estuviera partiendo en dos: una parte de ella quería que Dylan la estrechara entre sus brazos; la otra, quería escapar del deseo casi insoportable que crecía dentro de ella–. ¿Por qué me miras así?

Él extendió la mano y le acarició suavemente la mejilla. La voz se le quebró al decir:

–Solo estoy comparando tu rostro con la imagen de ti que llevo conmigo desde que me dejaste en la cabaña.

–¿Te refieres a cuando te quedaste quieto, sin decir una palabra, después de que te diera la oportunidad de decir algo... sobre nuestro futuro?

Dylan respiró hondo, sintiendo una punzada de dolor. Sabía que volver a verla no sería fácil. Jessica cruzó los brazos y dio un paso atrás, sin invitarlo a pasar.

–Entonces estaba demasiado asustado de mis sentimientos como para decir algo. En realidad, estaba tan asustado que ni siquiera podía pensar –suspiró y luego continuó–. Quería ofrecerte algo especial, algo que te demostrara cuánto me importas. Quería poner el mundo a tus pies...

–Yo no quería el mundo.

–Ahora lo sé –sin poder resistirse a la tentación de tenerla cerca, Dylan tomó entre sus manos la cara de Jessica y la besó suavemente en los labios–. Oh, Jessica... no sabes cuánto te he echado de menos. Siento haberte dado una impresión equivocada. No pretendía decir que dejaras tu trabajo o que tu carrera no me importara. Admiro mucho tu independencia y tu forma de afrontar la vida.

–Será mejor que entres –se apartó y Dylan entró en la casa, cerrando la puerta tras de sí.

La condujo hacia el sofá y, de forma inconsciente, buscó en el bolsillo de su chaqueta la cajita de terciopelo. Respiró hondo, intentando calmarse, y se sentó junto a ella.

–Quiero contarte lo que he hecho esta semana. Después de que te fueras de la cabaña, hice algunas llamadas. Fijé varias citas para los siguientes tres días y luego vine en coche a Seattle y me instalé en un hotel. Desde entonces he tenido varias reuniones con distintas organizaciones cívicas, con la consejería de personas mayores, el departamento de educación para adultos de la universidad, con una cadena local de televisión y con una agencia publicitaria. He puesto los cimientos para llevar a cabo mi proyecto de los seminarios financieros y he ampliado la idea original de la que te hablé. Me he reunido con un abogado para crear una fundación que lleve el seminario a las residencias de ancianos y voy a mantener un página web en Internet. Además, también voy a grabar el seminario para que sea emitido por televisión y pueda venderse en vídeo –carraspeó nervioso–. También he hecho los preparativos para instalarme definitivamente en Seattle.

Jessica tuvo que hacer un esfuerzo por no

temblar visiblemente. No estaba segura de adónde quería llegar Dylan, pero el mero hecho de que la hubiera buscado para contarle aquello bastaba para que su corazón se llenara de amor. Dylan no se parecía en nada a su marido. ¿Podía atreverse a pensar que tal vez hubiera una oportunidad para ellos?

Sin embargo, las negras nubes de la duda ensombrecían aún sus pensamientos. Él todavía no le había ofrecido un compromiso, ni le había dicho que la quería. Y, además, ella tal vez estuviera embarazada... Hizo un intento por mantener la compostura.

—Parece que has estado muy ocupado estos días.

Dylan tragó saliva y trató de reprimir el temor que comenzaba a apoderarse de él.

—Solo me queda una cosa por hacer —le dio un ligero beso en los labios, tomó su cara entre las manos y la miró a los ojos. El amor que sentía por ella era casi insoportable. Jessica lo era todo para él—. Jessica... te quiero. Te quiero muchísimo. Siento haberte hecho daño. Siento no haber sido capaz de decir lo que querías oír. Pero ahora puedo decirlo. Nunca había tenido tanto miedo como al pensar que podía haberte perdido para siempre —no esperó la respuesta de Jessica—. He hecho cuanto he podido para demostrarte que soy capaz de mantener un compromiso y he conseguido poner en marcha mi proyecto de hacer algo por la gente. No tengo dudas sobre mi decisión de establecerme de forma permanente en Seattle. Ahora, solo me queda la última gran decisión –buscó en su bolsillo y sacó una moneda–. Esta es mi moneda de la suerte. Haremos una apuesta. Tiraré la moneda al aire; si sale cara, te casarás conmigo inmediatamente; si sale cruz... bueno, yo saldré de tu vida y no volveré a molestarte.

Una punzada de dolor y rabia atravesó el cerebro de Jessica. Agarró la moneda que él sostenía en la palma y se puso de pie.

–¿Cómo te atreves a dejar el futuro de nuestra relación en manos del azar? –sostuvo la moneda, dándole la vuelta con los dedos–. ¡Lanzar al aire una moneda! Me niego a echar mi futuro a suertes... –al fijarse en la moneda, se le helaron las palabras en la garganta. No era una moneda corriente; era una moneda con dos caras iguales. No importaba de qué lado cayera: siempre saldría cara–. ¿Esto es... ?

–Si tratas de preguntarme si es una proposición, la respuesta es sí. Eso es exactamente lo que es. Te quiero. Cásate conmigo, Jessica –la besó en los labios y la estrechó contra su pecho.

Jessica permitió que la besara varios segundos y luego se apartó. Las palabras de Dylan retumbaban en su cabeza. Se sentía como si el corazón fuera a estallarle de felicidad. Los ojos se le llenaron de lágrimas... de alegría.

–Oh, Dylan... no sabes cuánto deseaba oír eso. Yo también te quiero. No sé cómo ha ocurrido –esbozó una sonrisa tímida–. Creo que en realidad empecé a quererte a los quince años... –las lágrimas empezaron a rodar por sus mejillas.

Dylan deseaba decir algo, pero no le salían

las palabras. La besó en la cara bañada por el llanto.

—Cuando tenías quince años, no podría haber hecho esto —la rodeó con sus brazos y acarició sus hombros y su espalda—. Aún no me has dado una respuesta.

—¿Estás seguro de que quieres abandonar tu antigua vida y comprometerte? ¿Estás seguro de que quedarte en un sitio... con una sola mujer... no te resultará un poco aburrido después de tantas aventuras?

—No creo que haya nada más excitante que despertarme contigo cada mañana y saber que será así para siempre. Ahora sé exactamente lo que quiero en la vida. Quiero casarme contigo. Quiero ser tu marido y, quizá, también, quiero ser padre. Quiero que tengamos una verdadera familia y un verdadero hogar —la besó tiernamente en los labios y la apretó contra sí.

—Un hogar y una familia... —repitió ella, apartándose de él. Debía decírselo. Tenía que saber a qué atenerse antes de darle una respuesta.

Él la miró inquisitivamente.

—¿Hay algún problema?

—Bueno, podría haberlo. Quizá... no estoy segura.

El rostro de Dylan se crispó en una mueca de temor mientras la agarraba.

—¿Qué pasa? ¿Algo va mal?

—Seguramente no será nada. Es solo que... eh... la última noche que hicimos el amor en la cabaña... bueno, no tomamos precauciones —respiró hondo y cerró los ojos—. Lo que trato de decirte es que hay una posibilidad de que esté embarazada. Probablemente no, pero es posible...

Dylan acarició el pelo de Jessica y la estrechó contra su pecho.

–Si lo estás, solo significará que seremos una familia un poco antes de lo que pensábamos. Tendré dos personas a las que amar, en vez de una –buscó en su bolsillo y sacó la cajita de terciopelo. La abrió, extrajo el anillo y lo deslizó en el dedo de Jessica.

–Cásate conmigo, Jessica.

A ella le temblaba ligeramente la mano mientras miraba el anillo. Su voz era apenas un susurro.

–Es precioso –nunca había sido tan feliz en toda su vida. Miró a Dylan, en cuyos ojos brillaba la esperanza.

–Sí, me casaré contigo.

Se abrazaron, dejando que el amor inundara sus corazones.

Epílogo

–Jessica... –Dylan miró el bulto envuelto en un mantita azul que llevaba en brazos–. Está llorando.

–Sí, ya lo oigo –Jessica pronunció las palabras despacio. Estaba sentada en una gran mecedora, sosteniendo contra su pecho un bulto envuelto en una mantita rosa–. Acabo de darle de mamar, así es que seguramente habrá que cambiarle el pañal.

Dylan la miró suplicante y dio unos pasos hacia ella.

–¿No pensarás que yo...?

Ella miró a su hija, que mamaba con fruición, y luego a Dylan.

–No creo que puedas darle de mamar a la niña, pero seguro que puedes cambiar un pañal sin problemas.

–Sí, por supuesto –se volvió hacia la mesita con determinación–. Puedo hacerlo. No habrá ningún problema. Puedo ocuparme yo.

Jessica sonrió dulcemente.

–Claro que puedes, cariño.

Su corazón se llenó de amor mientras miraba a Dylan. Había tenido muchas dudas acerca de cómo aceptaría él la paternidad, cuando por fin se confirmó que estaba embarazada y que esperaba gemelos.

Pero ya sabía que iba a ser un padre estupendo en cuanto se le pasara el susto de tener dos vidas indefensas en sus manos. Jessica echó la cabeza hacia atrás y cerró los ojos, sintiéndose feliz.

—Le he cambiado el pañal y lo he acostado.

Ella abrió los ojos y vio a Dylan arrodillado a su lado. Él la besó en la frente.

—Te quiero, señora Russell. Te quiero muchísimo.

Acepte 2 de nuestras mejores novelas de amor GRATIS

¡Y reciba un regalo sorpresa!

Deseo®...
Donde Vive la Pasión
¡Los títulos de Harlequin Deseo® te harán vibrar!

¡Pídelos ya! Y recibe un descuento especial
por la orden de dos o más títulos

HD#35327	UN PEQUEÑO SECRETO	$3.50	☐
HD#35329	CUESTIÓN DE SUERTE	$3.50	☐
HD#35331	AMAR A ESCONDIDAS	$3.50	☐
HD#35334	CUATRO HOMBRES Y UNA DAMA	$3.50	☐
HD#35336	UN PLAN PERFECTO	$3.50	☐

(cantidades disponibles limitadas en algunos títulos)

CANTIDAD TOTAL	$ _____
DESCUENTO: 10% PARA 2 Ó MÁS TÍTULOS	$ _____
GASTOS DE CORREOS Y MANIPULACIÓN	$ _____
(1$ por 1 libro, 50 centavos por cada libro adicional)	
IMPUESTOS*	$ _____
<u>TOTAL A PAGAR</u>	$ _____

(Cheque o money order—rogamos no enviar dinero en efectivo)

Para hacer el pedido, rellene y envíe este impreso con su nombre, dirección
y zip code junto con un cheque o money order por el importe total arriba
mencionado, a nombre de Harlequin Deseo, 3010 Walden Avenue, P.O. Box
9077, Buffalo, NY 14269-9047.

Nombre: _____

Dirección: _____ Ciudad: _____

Estado: _____ Zip Code: _____

Nº de cuenta (si fuera necesario):_____

*Los residentes en Nueva York deben añadir los impuestos locales.

Harlequin Deseo®

CBDES3

Tomar un desvío equivocado hacia un castillo había provocado que la turista Jennifer Murphy se encontrara repentinamente visitando el dormitorio de la torre del aristócrata Christopher Smythe. La atracción entre ambos había sido inmediata e intensa, pero a pesar de ello su unión no tenía futuro.

En una tierra donde el título y el honor significaban todo, el apuesto Conde de Winchester había hecho un juramento de silencio y estaba condenado a ver cómo su querida hija crecía con otro «padre». El secreto oprimía su corazón como un puño, y la bella americana estaba decidida a ser su bálsamo sanador...

PÍDELO EN TU PUNTO DE VENTA

Tracy no podía creer que hubiera estropeado el coche de Ty Cameron, ni que este insistiera en que ella pagase el daño trabajando para él. Eso significaba que viviría con Ty, quien parecía decidido a conocerla...

Tracy había aprendido a alejarse de los hombres, especialmente de los hombres atractivos y apuestos. Pero Ty era diferente. No le interesaba solo llevarla a la cama. Era un hombre en el que podía confiar. De hecho, Ty estaba demostrando tener cualidades para ser un buen marido.

Perseguida por el pasado

Susan Fox

PÍDELO EN TU PUNTO DE VENTA